北辰流開祖
信太新左衛門勝長伝

平岡一二

HIRAOKA Katsuji

文芸社

目次

大坂城　冬の陣

秀吉死して二年、慶長五年（一六〇〇）の関ヶ原の戦いに勝利した徳川家康は、長年の夢であった天下の権を握った。

三河国の岡崎城で誕生して以来、幼少の頃から織田、今川に人質とされ、母のぬくもりも知らぬまま侘しき日々を送ってきた。そんな厳しい環境に翻弄されながらも、忍に尽きる戦乱の世を何とか生き抜いてきたのだ。その長い忍耐の時代を経て、天下分け目の戦と言われた関ヶ原の戦いで念願の政権を我が手にした。

慶長八年（一六〇三）に征夷大将軍となり江戸に幕府を開いた家康であったが、六十の齢を迎え、心休まるところは少なかった。辛苦の末に得た天下の権も、自分亡き後の先々、政権不安をなくすためにも大きく気になることが残っていた。大坂城に居座る、苦労も知らぬ秀頼とその母・淀君の存在だった。

天下一と言われる巨大な要塞・大坂城と、そこに屯する豊臣家側近と取り巻き達には心許せなかった。今は表向き静かにしているが、苦労を知らぬ秀頼と時世が読めぬ取り巻きの者達は、徳川への憎しみを募らせていた。徳川の天下を狙うその欲望は、大坂城の奥深くに埋もれていた。

関ヶ原の戦火の残り火が、新たなる騒乱の火種となって四方に広がり、徳川政権への反抗の狼煙となってはならない。再度の天下騒乱のもととなり燃え上がることがあってはならない。その、今は埋もれている火種を完全に打ち消さねばとの家康の思いは、心の奥底に執念のように残っていた。余命幾許もない我が命、やっとの思いで手にした天下の権の行く末を深く憂慮して、大坂城の処置に苦慮していたのだった。

大坂城内に残る豊臣秀吉の遺児、秀頼と母の淀君は、今では力なき過去の権威者。現実は幻の如き権威を引き継ぎながらも、己が実力も知らぬままの世間知らず。淀君の寵臣、石田三成が権勢を振るっていた時代が忘れ難いのか、関ヶ原での敗戦を実感できないのか、母子は豊臣家再度の天下奪取を狙っていた。戦雲を巻き起こさんと、家康に反旗を翻そうという多くの側近や家臣らからも言い包められていた。秀頼とその側近達としては国内最大の、堅牢無敵を誇る要塞とも言われる大坂城の持つ力を過信して、徳川政権打破、再度の豊臣の天下復権を狙っていた。

家康としては、大坂城に屯する取り巻きの者達が、必ずや徳川に反旗を翻す時が来るとみていた。現在、大坂城内に潜む戦の火種が新たな導火線となり、再び燃え上がらんとしている。その天下を騒乱に巻き込む火種の完全な消滅を強く意識して、家康はその機会を狙っていた。

自分の年齢からしても、残りの寿命と後継者・秀忠の持つ力量を考えれば、自分の健在な内に、しかも早期にその火種を消し去る機会が訪れるのを待っていた。

その機会はしかし、通常では考えられない方法で、作為的に展開されていたのだった。

事の起こりは、秀吉の発願により建立された方広寺（京都・東山）の大仏供養においてであった。供養の時に天台と真言どちらを上席とするか、天台を上席としなければ出仕せぬと南光坊天海に言わしめたり、大仏開眼供養と堂供養を同じ日に行ってはいけないとかなど、様々に難癖をつけ大坂方を困らせていた。極めつけが梵鐘の銘に徳川にとって不吉の語があると言い出したのである。

国家の安寧と、天皇家をはじめ臣民の幸せを願っての文章であったが、刻まれた銘文の中に「国家安康」の四字があった。これは家康の名前を引き裂き、家康を呪ったものだというのだ。そして「君臣豊楽、子孫殷昌（いんしょう）」は、豊臣を君として子孫の殷昌（大いに盛んなこと）と謳っていると言いがかりをつけたのだ。

日に日に態度を硬化させて難題を持ちかける徳川に対し、窮地に陥っていた大坂方であったが、重臣の加藤清正と浅野幸長が相次いで亡くなり、江戸と大坂を取り持とうと奔走していた片桐且元は既に退けられていた。

慶長十九年（一六一四）十月一日、家康は諸大名に大坂への出陣を命じた。大坂冬の陣の開戦が敢行されたのだ。

関ヶ原の戦で敗れた残党らが、これを好機にと我が身の復権を狙い、大坂城に集結し立て籠もった。新たな戦いが始まろうとしていた。再び大量の人命と膨大な戦費をかけた戦が、大坂城を舞台に繰り広げられるのだった。

＊

こうした時代背景の中にあって、武術家としての信太新左衛門は奥州羽後国秋田、藩主佐竹義宣（よしのぶ）居城の久保田城下屋敷より南東方に位置する横手城下にいた。横手城は以前、小野寺藩藩主の居城だったが、最上義光（よしあき）との戦いに敗れ勢力を減じ、関ヶ原の時点では西軍に与したため、慶長六年改易された。その後、佐竹藩の治める所となり、その領内の横手城本丸眼下の外堀に沿った武家屋敷の辺りは、横手城預かりの藩臣の下、武士団によって守られている。

その中でも信太一族の屋敷の位置は、城の要と言われている大手門に近い堀端。起伏ある地形と城郭に合わせ横手川を活かした外堀に沿った武家屋敷の集積と配置の一端に、住居と分離して道場を構えている。これは武家として、城の守りを主に、強力な武力を考慮に入れたもので、万一の攻城に備えての位置にあるようにもとれる。また、この辺りになると屋敷の区画も広く、人の出入、一般的な町農民等の姿が多い。

新左衛門の念頭にあったのは、ここに道場を構え、新たな流派の開創であったが、当初、道場の設遣場所には久保田城下屋敷内と思っていたが、久保田屋敷内では狭かった。また、久保田城下には既に各流派の剣術道場もあり、現在名も売れていない新左衛門の道場新設は運営上難しいと見ていた。

新左衛門はこの時、武術の鍛錬の欠かせない佐竹藩臣として、横手城代の須田盛秀の支配下にあって、天流斎藤伝輝坊道場に入門し籍を置いていた。しかし道場の門弟の中には、新左衛門に武で対する腕を持った門人はいなかった。そのため、入門してすぐ門弟の第一人者として道場免許の位置に立っていた。

やがて、佐竹藩内の横手城下に移り住み居を構えると、斎藤伝輝坊の許しを得て「新天流」を開き、やがて名を変えて、「北辰剣」を開眼。北辰剣、心祖剣、佛智剣の三剣をもって開き、太刀、十文字槍、薙刀の扱いに優れ、技量を現していった。

勝長は新しき時代に沿った武術を考案、その道場には城下の藩士や平民の多くが通っていた。

＊

秋田藩（久保田藩とも）は十二年前の慶長七年（一六〇二）に、関ヶ原の合戦後に徳川幕府の指示により常陸国（茨城県）水戸から減封国替えを命じられ、秋田の地に久保田城を築き、佐竹義宣を藩主に奥羽に二十万五千石余の地を治めることとなった。

佐竹藩士である信太一族の元の居住地は、常陸海（霞ヶ浦）と呼ばれていた大湖の側にあった。霞ヶ浦は西浦、北浦、外浪逆浦（そとなさかうら）の三湖からなるが、最も大きな西浦の南方、信太（しだ）の庄にあった地方豪族である。

約二、三万年前までは太平洋の一部であったこの辺りも、海面低下により現在の関東平野は大きく陸地となる。そして約六千年前には再び海面が上昇し、谷に沿って海水が浸入して現在の霞ヶ浦の輪郭が作られたという。そして四世紀末～六世紀前半には豪族が住まい、多くの古墳を残している。

信太の庄の南には、常陸川や小貝川、衣川（毛野川、絹川とも。現在の「鬼怒川」は明治以降の表記）が流れていた。利根川に合流する衣川の水も元々は江戸湾に流れ込んでいたのだ。当時、度々氾濫して江戸の町に大きな被害をもたらしていた。江戸開府後、二代将軍秀忠から三代家光の時代、幕府は赤堀川を開削して旧利根川の水を常陸川に流し、衣川や小貝川の水も取り込んで現在のように銚子から太平洋へと流れるように大きく流路を変えた。

日光街道の栗橋宿（埼玉県久喜市）と中田宿（茨城県古河市）との間を流れる利根川を房川（ぼうせん）と称したが、江戸時代には橋もなく人々は渡し舟を利用していた。将軍の日光社参の際には臨時に船橋が架けられたという。賑わっていたことだろう。だが信太の里周辺は原野で、その中の狭い鄙びた庄であった。

律令時代には、この地域はほとんどが京の公家や大寺院の荘園であり、信太の地も京の八条院の荘園であった。当時は荘園主とはいえ、名目上持っているというだけで、東国の外れの、しかも見たこともない荘園地である。その地は下司（げし）と言われる身分の低い官人、地域の豪族によって管理・維持されていた。荘園で収穫される生産物（上納品）はその一部、容（形）ばかりの品が京に送られていた。産物の価値といっても僅かなもので、荘園の収益と言うには程遠いものであった。

信太一族も下司の任に当たっていて、信太の地を我が里と思い暮らしていた。室町時代後期から戦国時代と言われた当時の信太一族も弱小豪族のため、その地にあって自身が生き残りを懸けて、荘園守護の任に当たっていた。

近接地の支配者との関わりには難儀な時代も過ごしてきた。小野川河口近くにある霞ヶ浦に面する荒れた辺地、風水害も多く特段魅力ある地ではなかったのが幸いしてか、比較的領地は安定し治安も良かった。それほど収益の上がらぬ地であるがゆえ、命を懸けて争奪を繰り広げるほどの値打ちもなく、他国から狙われることも少なかった。周辺の権力者一人に片寄ることなく、上手に世渡りしてきた信太一族であった。

信太一族は天正以前、小田讃岐守氏治の下にあったが、のち佐竹氏の支配下となった。戦国時代も後期、当地は常陸の佐竹氏と下総の千葉氏ら強豪武族の間に位置していたが、古河公方を擁する北条一族の侵攻では長い間前線に狩り出され、望まぬ戦陣に疲弊したものだった。

だが佐竹家が太田城から水戸城へ移った時代は、信太一族はその家臣として従属していたが、辺地のために大きく戦火に巻き込まれることはなかった。また江戸崎城主、蘆名(あしな)盛重の支配下にある土地柄、一族は数千石程度を領していた。蘆名盛重は佐竹義宣の弟である。

関ヶ原の戦いから二年経った慶長七年(一六〇二)、幕府の命により奥羽の秋田の地に佐竹藩は国替えを命じられた。佐竹家としては天下分け目の関ヶ原の戦いで、徳川方に即かず離れずの日和見を決めて参戦せず、当然に家康の覚えはよくなかった。天下を手にした家康の命により、幕府所在地近くの危険な武族だとの認識から、懲罰的意味合いも込めて一族と共に領地替えとなってしまったのだ。五十四万五千石から二十万五千八百石への大幅な減封であった。命が下ったのは、藩主が家康のいる伏見へ謝罪に訪れた時であった。

秀吉生存中は徳川・前田・島津・毛利・上杉と共に、豊臣政権の六大将と呼ばれた佐竹家が左遷されたのである。

藩主、佐竹右京大夫義宣は、源氏の直系、源義光の血を引く家系で、長く常陸の地を治めていたが、幕府の命に従い国替えに応じた。義宣は常陸に帰省することなく、伏見から出羽へ直行した。先祖伝来の地を追われ、明け渡さねばならなかった無念のその思いには計り知れないものがある。

義宣は、旧秋田城より少し東南内陸の久保田（当時は窪田）にあった標高約四十メートルの神明山（しんめいやま）に久保田城を築き始め、二年後に完成させ町づくりも始めた。常陸時代を見据え佐竹藩の再興を誓っていた。信太一族はその久保田城下に、一千六百人の家臣団と共に、信太の里から一族を伴い移り住んだのだった。

信太新左衛門勝長の誕生

信太新左衛門勝長は天正十五年（一五八七）頃の生まれ。常陸の海（霞ヶ浦）の南方、小野川の河口近く信太の里で育った。

幼児期は竹武丸（仮称）と言われ、子供の頃から「信太の河童」と呼ばれ、十歳の頃には水の中で育ったと言われるほどであった。幼少期に竹武丸の子守の任に就いていた、信太家に長年仕える年配の下僕・文次爺にとっては目が離せない腕白小僧。五、六歳で既に水練は達人となり、その独特の泳法で水中に深く潜り傍にいる者の気をもませていた。七歳頃には、銛（もり）を持っての魚突きは天才的で、鯉、鯰、鮒等の獲物は一家の食膳を充分に補っていた。

十歳にもなると、無断で小船を湖面に漕ぎ出し、暗くなっても帰宅しないため大騒ぎになったこともあった。そんな際には父から説教を受けたものだが、日常の行為をいちいち禁止されることはなかった。

天気の良し悪しにかかわらず常に、日中家にいることはなかった。当時の武士社会の男子であれば武芸の習得、軍略等の学習のために、寺子屋での手習いや道場通いで文武の練磨に励むのが一般的であったが、竹武丸はそれらには見向きもしなかった。

親しくなった領内の農家の息子、豊作と湖上での船遊びに興じていた。二人が湖上に出ると、文次爺も別の小船で後を追うこともあったが、長い距離では竹武丸の乗った船には大きく離されて、監視の役は果たせなかった。

　湖上では、湖畔周辺の腕白達も竹武丸の配下であった。湖から対岸の地に上がれば、その地の餓鬼大将相手の喧嘩は絶えず、だが常に負けることはなかった。

　それでもある時、湖を北上して東部の湖岸に上がった際、些細なことからその地の漁師の子弟達と対立して喧嘩騒ぎとなった。喧嘩相手はすぐに呼びかけて仲間を集め、その数は十人を超えた。大喧嘩となったが多勢に無勢、竹武丸もこの日は惨敗、散々な目に遭った。

　竹竿などで各所を打たれ体中打撲や傷を負い、背を伸ばすこともできないほどで喘いでいた。その時、友の豊作は既に片腕を折る大怪我をしていた。耐えかねて湖に逃げる時、豊作を庇いながら小船に乗せるのに手一杯で、背中に長い竹竿で更に強く叩かれながら、小船の艫綱（ともづな）を解き竹武丸はどうにか湖に逃れた。

　相手の餓鬼どもは岸辺に揃って勝利の歓声を上げながら悪たれ口を叩いていた。しかし相手の腕白達も多くの者が血を流し、中には立っていられない子もいる様子であった。竹武丸も体の痛さに耐え、悔し涙を流しながらも罵声を浴びせていた。豊作は船底に横になったまま声もなかった。

竹武丸は沖に出てから、櫓を置いて豊作の身に寄り添い、

「大丈夫か、怪我は」

豊作は折られた腕を庇うように苦しい笑顔を見せたが、痛さに耐えるその目には涙があった。

「腕の怪我がひどいように見えるが」

と言いながら、その手をそっと掴み持ち上げようとすると、豊作が飛び上がるように呻き声を上げた。驚いて手を離し、

「痛いか、腕が折れているようだ。動かしてはならない。急いで帰る。着くまで我慢しろ」

一時でも早く帰って手当てをしなければと、竹武丸は櫓を手にしたが、自分も足腰の彼方此方から血がにじみ、耐え難い打撲の痛みもあった。まだ十歳になったばかりの体、船の櫓が来た時と違い重く大きく感じられた。必死に痛みに耐えながら、しかし力を入れると櫓心を支える心棒から櫓が外れる。幾度も溜め息をつきながら漕ぐ手に力を入れるが思うに任せず、休みながらの操舵は風に流されがちで船足は遅い。二時（四時間）も経っていただろうか。長い時間かかってどうにか信太近くの浜に、何個かの篝火が見えてきた。

里方では、竹武丸が夜半になっても帰ってこないと屋敷中大騒ぎであった。船着場

周辺には文次爺や屋敷の者達が心配顔で並び沖を眺めていた。何艘もの小船を出して捜しに出たが、あいにく真っ暗闇、竹武丸の乗った船を探し当てるのは困難であった。

竹武丸は、手にした櫓を何回となく芯から外しながらも必死になって漕いでいた。そして篝火の光が大きくなるにつれ、信太の里に近づいているのが分かった。里方の小船がこちらに向かって近づいてくるのも分かった。その姿を確認できた時、竹武丸の力は尽きていた。艪を手にしたまま気を失ったのだ。

翌日、竹武丸は気が付いて目を開けると、部屋には日の光が射し込んでいた。見慣れた自分の部屋の天井が目に入った。自分は横たわっているようだが、少し顔を動かしただけで体中が痛い。思わず「痛い」と声を上げた。体の向きを変えても痛くない姿勢はなかった。そっと目を開けると母の顔が間近にあった。いつもの優しい顔ではなく、そこには厳しい表情が見えていた。それでも竹武丸の痛いという声とその微かな動きに安心したようだ。そっと出した手を頭に載せて、厳しい声で話した。

「気が付いたかい。何処で喧嘩してきたんだい。子供同士でやった喧嘩の傷としては大怪我だけど、痛いかい。大きく痕に残るような怪我ではないようだけど、体中傷だらけじゃないか。豊作も大怪我して腕が折れているらしいし、治るにはひと月ほどかかると言われたらしい。腕が使えなくなることはないとの話だけど、無茶なことはしてならないといつも言っているのに。これで幾らかは懲りて無鉄砲な遊びは止めるのですよ。父上も怒っていますよ。確り教育しなければならないと仰ってますよ」

と言いながらも優しい顔になり、声を変えた。

「父上の命で、これからお前の名は次郎太と決まったよ。これからは男子として確りとした大人になるために、勉学と武術の修練をしなければなりません。何時までも子供ではいられないのですよ」

と何時にもない強い調子で言われたが、体中痛くて聞く力もない感じだ。それよりも、昨日の喧嘩の結果でこの痛みがあるのだと思うと、その悔しさと言ったらなかった。そして初めて強くなりたいと、武芸向上への思いを自覚していた。

それから五、六日経つと、竹武丸改め次郎太は、怪我の具合も大分良くなり痛みも取れてきた。頭の中では喧嘩に強くなるにはどうすべきかを考え続けていた。長い武器が有利になるだろうと、槍や薙刀に注目していた。

夕方、体の痛みが和らぐと足を引きずりながら外に出ていた。打たれた痕がひりひりと痛かった。軒先の隅に置いてある薪の束に腰を下ろした。

そして、じっと足元の小さな虫、黒蟻の動きに目を凝らしていた。蟻は一つの集団となって、皆で自分達の生活を守るために活動している。一匹として休んでいるものはいない。真剣に一つの集団の共通の目的のために動いている。その蟻達の行動と自分の毎日の行動とを比べてみた。このような小さな虫が何かの目的を持って働いている様を見て、自分を顧みていたのだ。

自分の勝手気儘な毎日の行動には気付いている。好き勝手な振る舞いをして、相手構わず喧嘩を売っては人を傷付けたり、痛めたりする自分を見返していたのだ。自分は信太家の男子として、里人を守らねばならない立場にあることには気が付いている。武家の男子として、戦があれば強く戦わなければならない。この地を守るためには真剣に武術の修練に励まなければならないと、どうにか気が付いたようである。

信太の里の屋敷地内には当然武家としての備えはあった。武術の鍛錬の場となる大きな道場もあるが、そこは半分農事用として使われていた。米の収穫期などには作物でいっぱいになり使えなくなる道場である。床は土間のままで柱は掘立柱、単に屋根が付いただけの小屋掛けの道場兼納屋とも言える建物であった。

領内の農民ら門弟を集めての武術の稽古は、常に戦場を頭に置いてのものであり、武家豪族の領民に対する慣わしでもあった。次郎太はこの地の棟梁の跡を継ぐ者としての立場を初めて意識し始めていた。そして体の成長とともに、体力と武術を鍛錬するという意識を持って、我が家の道場での稽古に参加するようになった。

＊

慶長七年（一六〇二）、佐竹藩は改易を免れたものの、所替えを避けることはできなかった。二年前の慶長五年、秋田の横手を本拠としていた小野寺義道は関ヶ原の戦で東軍方にあった最上義光軍に敗れ改易となる。元、秋田地方領主の秋田実季（さねすえ）は常陸宍戸に、角館の戸沢政盛は常陸松岡にと、小野寺氏以外の大名は佐竹藩と総入れ替えに常陸に転封されていった。

佐竹藩臣下の信太一族も、当然藩と行動を共にする外なかった。但し、そうした世情の動きも次郎太にとっては何の関係もなかった。成長期の次郎太は武道の訓練に夢中で、世の動きなどは深く考えてもいなかったのだ。

父親もそんな次郎太の姿を見て、そろそろ大人の教養も身につけさせねばと、剣の扱いを重点に正式に武道の訓練を指示した。次郎太としても父親の命に従わねばと、道場通いを続けていた。しかし道場で、次郎太の荒っぽい修行の相手をする者は少なかった。

最初の修練は弓であった。当時の戦では火縄銃が主力となりつつあったが、佐竹藩はその備えも少なく弓矢での戦いが必要とされていた。師匠は信太家の近しい身内でもある信太円之丞。元服を済ませたばかりの二十歳。自分担当の新しい弟子を持って満足の体である。しかし次郎太はまだ子供であるため、弟子というよりは子守のようなもので、真剣に武術の指導は始めていなかった。それでも初めて弓を持たせて的を狙わせてみたが、次郎太は十矢も射ない内に確りと的を射抜いた。その後更に続けて矢を射らせると、残り十本の矢を的から外すことはなかった。

更に的との距離を大きく伸ばして射させたが、同じように五、六本も射ると的確に的を捉えた。狙った的との距離感を掴むと的を外さない。自然に具わったものだろう。次郎太は生まれつきの勘の良さと、生まれながらの筋の良さがあった。この当時、武道は剣術のみとは限らなかった。戦場で戦うあらゆる武具全てが、武道の技能とされていた。弓矢、槍、薙刀、太刀はその中でも代表的なもので、馬術、手裏剣、鎖鎌、棒術、柔術なども武術とされていた。

次郎太はこれまでの腕白時代、川での魚突きで既に武術の一端も研いていたのだ。円之丞が指導に入った時点で、槍の扱いも人並み外れた技能を持っていた。

さすがに薙刀の扱いは、握りの太さとその重みに、子供の域を脱しない次郎太のその動きは鈍かった。円之丞としては他用もあり次郎太の相手ばかりはしていられなかった。木刀の素振りを命じたが、次郎太は余り好きでないのか理に合わないと思い、手にすることを好まなかった。但し、円之丞の指示には従い、言われた回数の素振りはしていた。しかしその木刀の素振りの動作に真面目さはなかった。

名前が次郎太に変わってから、付け人も文次爺から歳の若い中間で、似た名の次郎助という若者に代わっていた。二人とも「次郎」という同じ呼び名であり、二人の間では普段、次郎太のことは「若」と呼び、次郎太は次郎助のことを「助」と呼んでいた。

次郎助は今までは厩係りとして主の愛馬の担当を務め、馬術に関しては信太の里で右に出る者はいなかった。それが次郎太の守役というか監視役と言った方が適しているか、いわゆる指導と子守の二役を務めることとなった。

厩には次郎助のもとに次郎太と同年の子供が一人回されていた。次郎太と同じ歳といえばまだ子供、次郎助の付け人である。次郎助は厩の仕事は大方この少年に任せ、主に次郎太の監視役と次郎太の父勝久から内命を受けた馬術の稽古を行っていた。地上より水の中の方が好きな次郎太としては、次郎助の勧める馬にはなかなか興味を示さなかった。ただ、馬術は父の指示だと知った次郎太は、気は進まないながら言われるままに厩に足を運んでいた。

円之丞が既に、厩から年取った栗毛の馬に鞍を乗せて待っていた。

「若、今日は乗馬の練習を致します。この馬は大人しいから心配はありませんので、一度乗ってみてください」

次郎太は言われるまま、次郎助が手綱を握っている馬の傍に行って乗ろうとしたが、背が低いために、馬の背にある鞍まで届かない。何か台がなくては乗ることはできない。それを見て円之丞が馬の傍まで行き、腰を屈めて両手を組んで乗り手のために台の代わりをしようとした。しかし次郎太は十歩ほど馬から離れると、馬に向かって走り、そのまま跳躍して馬の背に飛び乗った。すると手綱が離されていた馬は驚いて走り出した。円之丞が慌ててその後を追うが追いつかない。

次郎太は馬の鞍にしがみついていたが、身軽に鞍に跨ったものの、馬の口輪に繋がれた手綱には手が届かない。手綱は馬の鼻面に絡まったままである。

次郎太は暫く走りながら馬の首を軽く叩いた。年を取った馬で走ることが苦手なようで、すぐに速度を落とし静かに止まった。円之丞が息を切らせながら走ってきて手綱を掴み、次郎太を睨んだ。次郎太は涼しい顔をして、にっこりと笑ってから言った。

「この馬は良い馬だが、長いこと走ることはできないようだ。可哀想だから、若い馬に代えてくれ」

円之丞は次郎太が馬へ飛び乗った技には驚いたが、このような乗り方は誰もが初めて目にするものだった。

その後、次郎太はすぐに馬を乗りこなすようになった。そればかりか馬上から弓矢を持っての射的、流鏑馬と同じ技さえ会得した。しかも射る矢は的確に的を捉え、外すことは滅多になかった。この年頃で上手くやってみせるのだから驚くばかりだった。当然、円之丞など問題にならぬ技量を持つに至る。

また、槍を持たせればそれを振り回す腕の動きも素晴らしく、稽古に飽きれば、今度は短槍で水中の大きな鯉を仕留めてきた。太刀も少しずつ扱うようにはなっていた。手に余る薙刀の柄は細く削って貰って使いよくし、手に持ち馬を走らせながら左右に振り回すその扱いは、誰もが信じられないものだった。次郎太の武術の向上は早く、屋敷内に次郎太に勝る者はいなくなった。


以来、二年が経った。次郎太の身長も伸び体も一人前に成長していた。当然、次郎太が荒々しい武術訓練を行うために傍に寄りつく者もいなかった。身の回りに相手になる者は少なく、我が家の道場での修練では物足りなくなっていた。次郎太は父に武者修行に出たいと願い出ていた。

だが体は一人前になったとはいえ、次郎太は未だ十五歳と若すぎるし、向こう見ずで世間知らずのままでは無理だと許可は下りていない。

しかし時代は動いていた。この頃には、佐竹藩の秋田の地への国替えは大方決まっていた。話に聞けば奥州の奥地、未開の地と言われる秋田である。仲間らの話だと、奥州の原住民の一部の者はまともに言葉も通じないと聞く。次郎太はそのような奥地には行きたくなかった。

我が意のままやりたい放題に育った次郎太は自由を求めていた。父の意に反し、無謀にも未知の世界へ飛び出そう、家出をしようと考えていた。

次郎太は間もなく、自分の部屋に簡単な書き置きを残して、無断で家を出た。手にしたのは普段着ている衣類数着と粗末な脇差一本。少しずつ貯めてきた小遣い銭は僅かな金額だった。無銭に近い旅立ちであった。

関宿での武者修行

世間知らずの腕白小僧の次郎太に対しては父親達も鷹揚なところがあった。男子として苦労させて悪いことはない、人間修行は必要であると理解していた。この激動の世、再び生きて顔を見ることはないかも知れないとの思いはあったが、武士の家系に生まれた者だ。この世に生を受け生きていく者には定めというものがある。次郎太も運を天に任せるしかないか、との諦めに似た思いがあった。

今まで全く経験のなかった我が庄の外へ出ていった。世間知らずの若者の次郎太は、人は何かを食わなければ生きてゆけないのだということにも気付いていなかった。今まで何の苦労もなく生きてきた次郎太である。たとえ食うために働くにしても何の技能も働いた経験もなかった。次郎太はこれまで母から貰っていた小遣いの残り銭を手にしただけである。家を飛び出してしまって、次の日にはそれらのことに気付き、生きることの大変さを悟った。

自分がこれから知らぬ他国で、一人で生きていくのは大変難しいことなのだと初めて悟っていた。そして人間の生活は食うことから始まるのだと知る。今までは武術のことしか頭になく、生きるためには食べ物を食す必要があるのだということに気付かなかったのだ。生きるために食べ物を得る、そのために人は働いて給金を得る。次郎太はそのお金を稼ぐために働くことが必要なのだと初めて知った。

今まで金を得るために働いたことはなかった。毎日飯を食うために働かねばならぬ身分でもなかった。農家の手伝い程度の仕事なら何処にでもあろうが、三食食わせて貰うだけで精一杯だ。初めて生きることの大変さを知った。

信太の地を出てから西方の上州に向かっていた。

次郎太が生まれたのは戦国時代も末期の豊臣の世。その約百年前には佐竹氏と小田原北条一族との間で激しく干戈を交えていた上州の地だ。信太一族も戦場に狩り出されていた。北条傘下にある諸軍と親達の命を張った戦いの場であった地域である。当時、戦場に出た何人もの将兵が命を失ったが、今は北条氏の影もない。豊臣秀吉による小田原城攻略戦で敗北した北条氏は滅びた。

一時期は巨大な力で関東平野の大半を制覇していた北条一族であったが、今は徳川家康の支配地となっている。江戸に幕府を開いた徳川家の有力な旗本が関東各地に配されていた。次郎太が訪れた宿場町が誰の支配下にあるのかも知らない。集落の名も知らぬ次郎太であったが、行けば何とかなるだろうと安易に考えてきたのだ。昔から剣豪が多いと言われる上州の地を目指していたのだった。

既に手持ちの路銀は小遣い程度、途中で食べる物を買って尽きていた。飢えの苦しみ、空腹が若い肉体に襲うように迫り何とも耐えられぬものがあった。小田城下を通り過ぎてから、古河の里の近くに位置する宿場、関宿に入っていた。元来この地は北条氏の制する所であったが、今は徳川家一族の支配地である。

次郎太は今日一日何も食べていなかったためふらふらだった。途方に暮れて道から近い農家の庭先へ行き、農家の主と思われる者に近づいて「飯を食わせてくれ」と頼んだ。

農夫は突然声をかけられ呆れ顔であったが、それでも「何も食べていないのか」と聞いてくれた。次郎太はこくんと頭を下げた。

「じゃあここで働くか。働くなら食わせてやるが、今は残飯しかないぞ」

次郎太は腹に入るものなら何でもよかった。貰えたのは塩をまぶした握り飯だった。

その日から、命じられた畑仕事に携わることになった。

それでもお腹が満たされれば満足感がみなぎる次郎太だった。しかし砂埃の舞う畑の中で、日中いっぱい続ける農作業は思ったよりも大変であった。ほとんど中腰での作業は次郎太には慣れない仕事であった。何日かはその農家で働いたが、要領を得ないし、鍬を振るう手の痛みよりも、腰の痛さに耐え難きものを感じていた。これは俺の身体には合わないと、次郎太は自分勝手に思っていた。

しかし、他に食わせてくれる所があるわけでもない。日中は春の日差しの中での作業だが、寝る所は納屋の藁の中である。薄汚れた寝巻き一枚では夜になれば耐え難い寒さであった。夕方暗くなると次郎太は納屋の片隅で、「このような生活をするために俺は家出したのではない」と独り言つ。苛立ちの中、これからの自分の行く末を考えていた。

農家の仕事は食わせて貰うだけで給金が貰えるわけではない。だが金がなければ何時になってもこの場から逃げ出すこともできない。このままだと飼い犬と同じことだと考えあぐねていた。

ある時、納屋の脇の農道を、この地を預かる松平家の家臣と思われる十人ほどの雑兵が通っていったが、皆元気そうだった。その一群を見ていた次郎太は、大した考えもなくその後を付いて行った。彼らが四半時で着いたのが一軒の大きな農家のような屋敷。今は仮の陣屋として使われているのか、周りには高い柵が築かれて戦時態勢のような物々しさが感じられる。

この辺りは、元は古河公方の所在地と聞いていたが、その頃造られたものか、旧い防柵とともに最近補修をしたらしい新しい柵もある。本陣というよりは出先の陣か、その中に雑兵達は入って行った。

次郎太もその後に続いて入ろうとすると、入り口脇にいた雑兵に制止された。門番と思われるその雑兵から、

「お前は何者だ。我が隊の後を追ってきたようだが、不審な奴。調べるから付いて来い」

と言われ、槍を突きつけられて柵の脇へ連れて行かれた。次郎太は何かを考えて付いて来たわけではなかった。無意識に付いて来たのも、何か食い物にありつけるかもと思っていただけだ。

だが相手側にすれば得体の知れない小僧が陣に入ろうとしている。見た目はそれほど酷い風体ではない。体は人並み以上大きく見えるがまだ子供だ。生意気に脇差を差しているが未だ腕白盛りの面影が残っている。

「お前、何のために後に付いて来た。何処から来た者だ」

と言われた次郎太は、やはり子供だ。口ごもりながら、

「腹が減った、何か食わせて貰いたいと思って付いて来た。その代わり仕事は何でもする」

哀願するように話すと、次郎太を取り調べていた雑兵は大笑いをしながら、

「お前は何処から来た、名前は」

と聞かれた。次郎太としては、ここは信太家からすれば、数年前であればまだ敵方であったような地である。それに佐竹藩は近々いずれかへの国替えは覚悟しなければならない立場。現況については多少気付いていた次郎太である。信太の者と告げては

よくないと、機転を利かした心算で、「下総の佐倉中村の百姓の次男、次郎太」と適当に応えた。

「何故、ここに来た」

戦時ではないが、身元不明の無宿者、当然雑兵から疑われるのは分かっていた。

「家を追い出された。俺が親父の言うことを聞かないのと悪さを止めないからだ」

その答えを聞いて、相手は笑いながら暫く次郎太を睨めていた。

「まだ子供のようだが、これからお前はどうする心算だ」

次郎太は即座に、

「ここで働く」

相手の雑兵は呆れ顔である。

「誰がお前をここに置くと言った。ここはお前のようなわけの分からぬ子供の来る所ではない。浮浪者のような子供はここには置けない。ここは戦場と同じだ。この辺でふらふらしていると誰かに首を斬られてしまうぞ。危ないから早く家に帰れ、親達が心配しているぞ。このような所で何時までも愚図愚図していると、親方に叩き出されるぞ」

この兵も近在の雇われ農兵と見える。その顔に憎しみはなく親切心が窺えた。

「だが、俺は今腹が減って困っている。俺はここで働きたいのだ。戦や喧嘩では他の者には負けない。多分お前様よりは俺の方が強いと思う。喧嘩に強ければ戦場でも働ける」

　と余計なことを口走っていた。「お前より強い」と言われた兵は逆上し、怒っていきなり殴りつけてきた。次郎太はその手を受けて握り返し、そのまま腕を捻りながら身を寄せ、相手の身体を防柵に強く押し付けた。相手は押し付けられて身動きが取れない。掴まれた腕の痛さに耐えかね、顔を真っ赤にして苦しげにもがいていた。

「痛い、その手を放せ」と大声で喚いた。その様子を傍で見ていた雑兵が、次郎太の動きに驚き近寄ってきた。仲間が動けないでいる姿を見て笑いながら、

「何だ、大分威張っていたが、子供にやられて動けないのか」

　と言いながらも次郎太に向かって、

「小僧、その手を離せ。そうでないとたたっ斬るぞ」

　と言って脇差を抜いて脅し、突き付けてきた。次郎太はそれに驚くこともなく、掴んでいた雑兵の体を前側に押し出して、腕をねじ上げながら身をかわし、相手を睨みつけた。

「痛い、その手を離せ、手が折れる。俺が悪かった、お前を殴ろうとしたのは俺が悪い、勘弁しろ」

　雑兵は顔をしかめながら、更に「痛い、とにかくその手を緩めろ」と言いながら、

仲間の雑兵に向かって、

「勘弁してやってくれ、俺が悪かったのだ」

農兵は意外と素直だった。そして次郎太に向かって、

「早く手を離せ、食い物は何とかしてやるから」

と言ったが、次郎太が手を緩めた時は、片手でその者の腰にあった脇差を抜き取っていた。その後次郎太は手を離したが、兵の体を確り組みしだいて放さなかった。

その一部始終を屋敷の物陰から見ていた頭と思われる武将が、縁側に出てきて雑兵に向かい、

「その餓鬼に充分に飯を与えよ。お前達より使えそうだ。飯を食わせた後でわしの部屋に連れて来い。若造の話を聞いてやる」

と言うと幔幕の中に消えていった。


握り飯を食べると家の中に呼ばれた次郎太である。農家の奥座敷と言ってもそれほど広い部屋ではないが、今までここに住んでいた者は何処に行ったものか。戦火に追われて長い間放置されていたのか、彼方此方が傷んでいる。部屋は納屋を含めて四つで、あとは土間続きの囲炉裏のある板の間。その囲炉裏の傍の敷物に先程の武将が座していた。

その武将を周りの者が「殿」と呼んでいるから、それなりの立場にある人なのだろう。座敷に見える、形だけの床の間の雑多なガラクタの中に抜き身の短槍が無造作に置いてある。如何にも世情を表している感じだ。漬物の載った食膳を前に酒を飲んでいるらしく、口髭を生やした口許に満足そうな笑みが浮かんでいる。

先程の農兵の案内で次郎太は彼の前に正座した。両膝を揃えて正座したが、すぐに足を組み直し、脇差を右側に置いて尻を床に下ろして胡坐になり、両手を突いて頭を下げた。

「お食事、有り難く頂戴致しました。私の名は次郎太と申します」

挨拶をし武将の顔を暫く見つめていた。武将は杯を手にしたまま同じように次郎太を見ていたが、にたりと笑った。

「お前は農民の子ではあるまい。事情は分からぬが、武士の子と見た。間違いはあるまい」

次郎太は返答に困った。暫く頭を下げていたが、やがて顔を上げ、

「家を出てしまえば、浮浪者、農民と変わりません」

それを聞いて、

「その方が武家の出であるのは、お前の座り方を見てよく分かる。分かった、お前が良ければここに置いてやる。農兵と共に働け。待遇は皆と同じだ。仕事のことや分か

らぬことは案内した者によく聞け。お前はまだ若い、武芸者としてよく励め。それで良ければ下がってよい。俺はこの地の領主松平康元殿が家臣、藤井弥衛門だ」

との名乗りを聞いてから次郎太は外に出たが、何故自分が武家の子だと分かったか不思議だった。武士の子として育った次郎太は、自然と身についた己の態度や所作には気が付いていなかった。

それは、次郎太が武将の前に座った時、最初は正座していたのに、すぐに胡坐に座り直したところで知れたようだ。低い地位にある者が上位の者に接するに際し、離れた場では正座であるが、近くにあって正座の姿勢では、その者が刺客であれば目の前の相手を抜き打ちで襲うことができる。座して足を組む姿勢では、体を起こして刀を抜くために立ち上がるには時間がかかる。足を前で組み尻を床につけて座るのは、奇襲できないことを示す武士としての礼儀である。武将同士でも、刀を帯びている時には正座をしないというのが相手に対する礼儀である。次郎太はそうした所作が自然に身についていていて、気付かぬままに己の素性を明らかにしていたのだ。

とにもかくにも次郎太は、ここで雑兵として雇われることとなった。結果的に、飢えに苦しむことはなくなったわけだ。

次の日からは早速武家奉公が始まる。今まで我が屋敷にいる時は、ある程度屋敷の奉公人が身の回りのことは何でもやってくれていた。家にいる時は次郎助らが自分の周りにいて、馬に乗れば共に馬に乗り、舟で沖に向かえば一緒に舟を漕いだ。今まで何の不自由もなく過ごしてきた。今になって、自分に対する次郎助の立場がよく分かってきた。

これからは次郎助の行動を見習って、当分はここで雑色として勤めることとした。それにここに来る途中、小さな剣の道場があるのも確認していた。それを見るにつけても、雑兵が半武装しているということは常に戦時のための備えをしているということであり、仕える主も戦場の気風が感じられる。今の世、徳川家康が天下統一はしたが、何となく落ち着かない世情だと誰もが感じている。国内がこのまま平穏に収まるとは思えない。戦国の雰囲気はまだまだ感じられる。

次郎太の命じられた作業はそれほど困難なものではなかった。時には畑仕事も言い付けられるが長時間ではなかった。上役からは常に武道の練習に励むよう強く求められていた。

多くの大名やその臣下にある者達は、国内の状況はこのままでは収まらないと見ていた。東西間、大坂と江戸で再度の大戦があると見ている者が多かった。次郎太はそんな話が現実化するのを大いに期待し望んでいた。

雑兵時代

翌日から武家の雑兵勤めと言っても、武道の訓練や戦場での訓練があるのは長い時間ではない。そのほとんどが農事や生活に関わる雑事（家事手伝い）、厠の汲み取りから炊事用の薪と冬季の暖を取るための燃料の備蓄などだ。薪割りから湯を沸かすことまで雑用は無限にあるし、馬小屋の手入れや馬の歩調訓練もやらなければならない。

馬小屋では馬の体の手入れから飼葉の刈り取りと餌やりなどだが、皆がやっていることだし次郎太としても苦にはならなかった。当主の乗る馬はさすがに良い馬だと見た。自分としても一鞭当てて乗ってみたくなるような馬であるが、仮にも自分達が乗ることなどできない。乗ってよい馬は、戦場では食料や武器の運搬、雑用に使用する駄馬ぐらいのもの。そんな馬でも野駆けする機会でもあれば気が晴れた。だがそんな楽しみも当番が回ってこないことにはできない。

一通り指示された仕事が終わればこれと言ってやることもない。仕事の早い次郎太には暇な時間が充分にあった。年上の農兵達に憎まれないように下手に出ては、素直に指示に従い仕事をこなしていた。屋敷付きの先輩達中間郎党の機嫌さえ取っていれば、厳しい扱いを受けることはなかった。

武術の訓練は奨励されているので、次郎太としては専らそちらに重点を置いて行動していた。上司の目にも留まり認められているので、何の気兼ねもいらなかった。次郎太にとって道場へは遊びに行くような気分で通えたが、まだ子供の次郎太には手加減というものができない。武芸の技は達者なので同輩にはよく思われなかった。

時によると道場通いに夢中になって、任された作業が遅れがちな時もあったが、遅くなっても決められた仕事はきちんとこなしていた。たまには手抜きもあったが。それでも次郎太は若さもあるのだろう、仕事が手早くでき、時には他の者の仕事も手伝うこともあったので、先輩達からは嫌われてはいなかった。誰も彼に小言を言う者はいなかった。

また、道場に行っても形にはまった動きではないが、その動きは早く、軍事訓練などで次郎太に勝てる者はいなかった。今は士分の者と立ち合っても五分以上の闘いをしていた。主の藤井弥衛門も次郎太のその姿を見ていた。心の中で、いい奴が転がり込んできたものだ。確り鍛えて小姓として傍に置いて、将来直臣にしても良いと思っていた。

雑兵として入って間もないのに、やがて中間に取り立てられていた。中間とはいえ直属の家臣である。今までの雑兵仲間に指示を与える立場となった。しかしまだ十六歳。務めに対する知識は極めて薄かった。失敗も多く、中間仲間からはまだ餓鬼扱いされていた。雑兵達からは目立たぬ形で苛めに近い雑な扱いも受けるようになっていた。

何処にでもあることだが、新参者の突然の出世と、剣の扱いの目ざましい上達で主から可愛がられる次郎太は先輩達から嫉まれていた。実際何処の者とも分からぬ若造、雇われたばかりで日も浅いのに何かと特別扱いされる次郎太である。仲間達からの無言の苛めや嫉妬は仕方がないと本人は思っていた。

次郎太は次郎助らを見て育っていたから、今の自分の立場は分かっている。務めに大きな失敗はないがまだ子供。要領はよくない。定められた仕事を片付けると、他の者に気を遣うことなく、さっさとお気に入りの道場に駆けつけていた。

道場の主は澤右衛門といって藤井家家臣として雇われた武士。元武田の武士として名を上げた時代もあったが、武田家が消滅して路頭に迷い、それでも苦労して何とか藤井家に仕官したのだった。

川中島の合戦を含め各地の戦に参戦、幾多の戦場で功績のあった者である。藤井家としては武芸の達者な人物としては認めていたが、戦場以外に身近に置いて役に立つ者ではないと見ていた。但し、家臣の武芸を研く師としては適任と見て道場の主に指名されていた。澤右衛門は、戦場での実戦で鍛えた荒々しい武器の扱いは抜群に上手い。その荒削りな剣法指導を、家臣や雑兵達の中で積極的に受ける者は少なかった。

雑兵達としても主の命令であるから、道場に通うことによって闘いへの気概だけは学んでいるようであった。

そんな中、次郎太は進んで澤右衛門に挑戦してめきめきと腕を上げていた。ひと月と経たない内に、常に上位の者と立ち合うようになっていた。

当時の道場での立ち合いで、手にするのは木刀だ。まともに打たれたら骨は折れ、体は傷付き、再起できないほどの大怪我になる者もいる。時には藩内で行われる試合に出ることもあったが、一種の戦いである。お互い手加減は難しく、場合によっては打ち所が悪く死者も出る。したがって道場内での木刀での訓練は、相手の体を直接打ってはならないというのが原則だった。お互い相手に怪我をさせないためだ。よって練習試合はどちらかと言えば受け身の訓練が主であった。

戦場では、自分の身を守るために相手を倒すことだけを考えて手加減なく切り込めるが、道場稽古では相手に怪我をさせてはならないため、実戦的な訓錬は同じ門弟同士ではできない。よって道場内での立ち合い訓練は、相手の肌身に木刀が触れてはならない打ち込みなのでなかなか難しいものだった。

それを補うために、別に真剣による試し斬りの訓練があった。青竹を包み込んだ莚や藁束などが使われていた。人を斬るということは、刀を相手の体に当てるだけではない。据物斬り（すえものぎり）（試し斬り）はそのものの芯まで斬る訓練、生身の人体の骨を斬るための訓練である。

そうした訓練の中、次郎太の動きは澤右衛門の目に適っていた。主の助言もあり、次郎太は澤右衛門から直接の指導を受けていた。澤右衛門の指導は厳しい。お互いの打ち手による間違いはあり、体を打たれることは度々あった。痛さに眠れぬ夜もあったが、師の澤右衛門も時には打ち身に苦しむ時もあった。その回数が多くなるとともに、次郎太の武術の腕も上がってきた。師と五分の腕と認められると、次第に師との立ち合いは少なくなり、滅多に立ち合うことはなくなってきた。澤右衛門の方が次郎太との立ち合いを避けている様子が窺える。

最近の次郎太は他の門弟の指導が主で、道場では代稽古を行う立場となっていた。中には道場破りを目的の挑戦者も訪れたが、相手の力量は分からないながら、次郎太は喜んで全ての挑戦を受けていた。

自身が望んだことではなかったが、澤右衛門からの申し出で、次郎太は澤右衛門の澤の姓を与えられていた。身分は低いが、澤次郎太と名乗るようになった。

それから一年が過ぎた。

ある日、次郎太は領主松平康元家臣との御前試合を申し渡された。次郎太の名が藤井弥衛門を通じて領主、松平康元の耳に入っていたのだ。

次郎太としては御前試合は望むところだが、この地に長居する心算は自分にはない。自分がこの試合で勝ったとしても、それでどうなるものではない。場合によっては負けて大怪我でもすれば自分の人生はそこで終わりとなる。

御前試合は命懸けだが、勝っても負けても後に大きな問題が残る。次郎太はまだ新参者、負けても自分には大した問題はないが、若造の自分に負ければ相手の名には傷が付く。試合の相手は負けるわけにはいかないだろうし、手加減なく挑んでくるだろう。負けてやるにしても、負け方が難しい。怪我なく負けるのが難しい。

自分が勝っても負けてもこの地に居辛くなる。自分がこの地を出た後の藤井弥衛門や澤右衛門のことを考えれば、この度の試合は避ける方が良いと考えた。

次郎太は十七歳になっていたが、大分大人の考え方ができるようになっていた。

次郎太は、主の藤井弥衛門宛てに今までの礼を認めた丁寧な置き手紙を残し旅立った。

「この度の御前試合については己に勝てる自信がなく、殿にご迷惑をかけてはならないと存じます。残念ながら殿のもとを去らせて頂きますこと、平にお許し願いします。長い間ご指導ありがとうございました」

次郎太もそろそろこの地を去らねばと思っていた頃でもあった。次郎太の家出したのも目的は武芸の修行である。ここで落ち着いて留まっていては、自分の目的は達せられないとの思いもあった。次郎太は前から考えていた目的地である上州の地に向かった。

上州は上泉伊勢守ら剣豪と言われる者が多い地である。次郎太は良き師を訪ね修行したいと願っていたのだ。

次郎太は、澤の姓を捨て本来の信太の姓を名乗ることにして上州に向かっていた。向かう先は上州の上泉で、遠い昔より武術の盛んな土地。古河から足利、桐生、厩橋（前橋）と向かう心算であった。

この辺りは平安時代中期、朝敵平将門を征伐してその名を天下に轟かせた下野の豪族、藤原秀郷の流れを汲む者が治めていた地域。兵法家の上泉伊勢守（信綱）もその血を受け継いでいた。

現在、江戸近辺の藩は徳川家康の直臣支配下にある。古河藩は家康関東入封の際に小笠原秀政がこの地に封じられたのに始まり、慶長七年（一六〇二）には松平康長が治めている。前橋藩は同じく家康の側近平岩親吉が立藩後、慶長六年（一六〇一）に武蔵河越から酒井重忠が入封し、以後酒井氏の治世は九代百五十年続く。隣の高崎藩は井伊直政が近江に転封したのちの慶長九年（一六〇四）には、家康の従弟である酒井家次（忠次の長男）が下総臼井から入封する。

次郎太は上州のことについては子供の頃から噂で聞いていた。上泉村という所に新陰流の道場があると聞きそこを目指してきたのだ。かつて上州には上泉伊勢守という兵法家が剣聖と呼ばれ名を成していた。

その昔、香取神道流など三流を学び、やがて一流を立てた。その後、徳川幕臣の柳生新陰流元祖の柳生但馬守（石舟斎）を通じて、宗矩を経て柳生飛騨守（宗冬）や柳生十兵衛ら一族一党は、上泉伊勢守の新陰流の薫陶を引き継ぎ、新陰流の流儀を得ていることは広く世間に知られていた。

上州一帯は昔より農耕の盛んな地で、豊かな農産物の生産地であったがため、多くの近隣豪族達が欲し求めた。室町時代以前からそうした豪族達が争奪戦を繰り広げたゆえ、長い戦乱の時代が続いた。上杉、北条、武田氏ら戦国の大大名らの抗争の場でもあり、戦塵の中で生きてきたこの地の人々である。以来、数年前までは戦国時代の混沌とした中にあった上州である。

上泉伊勢守信綱はその戦火の中に残ることはできず、上泉を逐電、既にこの地にいないことはここまで来て知った次郎太だった。しかも二、三十年前には亡くなったという。

信太次郎太は、折角上州まで来たのに自分の目指した道場はなく、行く先に迷っていた。既に桐生宿も過ぎていた。赤城山の山麓にかかりこの先の目的もなく、上州は勢多郡に入っていた。以前は北条氏、武田氏が越後の上杉謙信らと火花を散らした地域である。

厩橋（前橋）城下の上泉からは遠く離れている農村地帯、粕川の川沿いの村に入っていた。郷名を中村という所に素人も相手にする道場があることを知った。農地に囲まれた田舎道場と思ったが、土地の人に尋ねてみるとかなり立派な道場だという。浅山一傳流居合術の看板を下げた道場であった。豪農、丑田文衛門屋敷の一隅に、至って立派な道場を構え繁盛していた。門人は農民が多いが、この地では多くの剣士にも認められ、剣豪の武士も入門していた。

道場主は、浅山一傳流二代目の山崎十右衛門祐正と子息の山崎孫大夫房長であるが、領主承認のもと戦国時代を経て道場を守り残してきた。道場の経済的な部分は家主である丑田文衛門の援助に頼っているが、初代、浅山一傳斎一存以来の主人との信頼関係は代が替わっても継続されていた。初代一傳斎の頃には北条氏や武田氏の侵略の中にあって、上杉氏寄りの丑田家は大変な苦労をして屋敷を守り通した。道場の存在と来歴を街道筋で聞いてきた次郎太だった。

その日の夕方、次郎太は浅山一傳流道場の前まで来ていた。大きな豪農の屋敷には防塞堀が巡らされ、所々崩れてはいるが旧くなった柵で囲われている。城とまではいかないが堅固な砦のようで、その敷地内に道場らしき建物が見えた。その屋敷周りを一回りしてから敷地内に入って行ったが、田植え時の忙しい時期でもある。農民達が忙しそうに働いていた。

道場の玄関口に立って案内を求めると、近くで農作業をしていた農夫が寄ってきた。

「道場は夕刻にならないと開かないが、道場に御用か」

と言われ、どうすべきか戸惑い返事に窮していた。自分としては入門を決めたわけでもないが、折角ここまで来たのだ、一つ当たってみようと思ったのだ。しかし昼日中、道場は空で誰もいない。武道の道場なら今時分が一番賑わっている頃なのに、と首を傾げた。戸惑いを見せる次郎太を見て、再び声をかけた農夫だった。

「御用だったら、あそこに師範代の孫大夫殿がおられるが、お会いになりますか」

言われてそちらを向くと、納屋の軒下で藁束を叩いている人物がいた。周りには藁の山と作業用の道具が置いてある。年恰好は二十代後半ぐらいに見える。頭に手拭を被り、筒袖衣装に小袴、素足に草履履き、見た感じ農民と変わらない。農作業に適した野良着は通常、田の中の作業に合わせ短めの着物と股引きだが、その男はちょっと印象が違うが、農夫と一緒になって作業している。その姿を静かに見る次郎太に向かい、

「案内する、付いて来られよ」

どう見てもまだ若造の次郎太を促して納屋へと向かった。

木槌を振るう男は、代稽古役の孫大夫だと紹介を受けた。次郎太としては深く頭を下げたが、未だ入門を決めているわけではないから、何と挨拶すればよいかと戸惑っていた。孫大夫は藁屑の中で軽く頭を下げたが、手は休めずに次郎太を見ていた。

「何か道場に御用かな。道場は七つ時（四時）からなので、宜しかったら中でご自由にお休みください」

言われたものの次郎太はまだ迷っていた。このような道場で武道の指導を受けることができるのか。自分も腕にはそれなりの自信はある。だがこの道場で自分が望む技能が得られるものか、と迷っていた。気持ちの決らぬまま、やがて軽く頭を下げると道場に向かった。

このままこの場を去ろうか留まろうか迷う中、懐具合も気になっていた。藤井家を飛び出してきた自分に多くの持ち合わせはない。ままよ。少しここに留まって様子を見るか。何か得るものもあるだろうと考え、玄関口で夕方まで待っていた。夕暮れ近くなって藁屑を叩き落としながら入って来た師範代に、住み込みの弟子入りを申し入れた。

無銭に近い次郎太であるから、当然その日より農作業や道場の清掃などを手伝うことが条件であろうが、住み込みの門人なら食い物の心配はいらないはずだ。これで今夜の宿も何とかなるかも知れない。次郎太の考えには少し狡さもあったし、道場に対して少なからず舐めた見方をしていた。但し関宿の中間奉公で経験もある。あの作業も無駄ではなかったはずだ。

「お言葉に甘えさせて頂き、大先生を待たせて頂きます」

頭を下げ、道場の片隅ででも様子を見ようと中に入って行った。藤井道場よりも立派な道場で、床も確りとした厚い板が張られていた。何故このような田舎に、と不思議だった。

夕暮れ前になると若い男達が現れた。支度は様々である。やはり早々から来るのは武士の子弟が多いが、遅くなると農民も同じぐらいやって来た。商人もいるし何をしているのか分からない遊び人風な男もいる。道場の中は雑多な門人でいっぱいになり賑やかになった。このように多くの弟子がいるのには次郎太も驚いた。

日暮れ時になると門人でいっぱいになった。その姿は千差万別で、田の中から直接来たのだろう。井戸端で足を洗い、上がり框に置いてある雑巾で足を拭いてから、道場に上がり仲間同士仲良く素振りの稽古に入る者もいる。その稽古には関宿の道場とは違いがあった。門人同士、木刀の触れ合う音にも厳しいものが窺えた。汚いぼろ手拭の汗止めをして、藁縄の襷掛けであるが、互いに打ち込む木刀の立ち合い訓練には力が入っていた。太刀打ちの気合いと受身側の木刀が触れる一瞬の音からも厳しさが伝わってくる。

見た目は水呑百姓の姿ではあっても、その動きは関宿の道場の者達の上位に位置するようだ。立ち合い稽古は段々賑やかになってきた。

やがて若い武士らしい門人も農民達の中に入り、お互い丁寧に挨拶を交わしてから木刀を交えていた。仲間同士土地訛りの強い、砕けた言葉を交わしている。ここでは身分の差はない様子だ。農民も武士も変わりなく、お互い受身の体勢と打ち込む側とが交互に打ち合っている。

目の前の打ち合いの様子を見る限り、百姓姿の男の方が上位と見た。

次郎太は腹の中で、暫くここに身を置こうと決めていた。

上州浅山道場での武者修行

道場に来てから何日か経ったが、次郎太は引き込まれるように修練に入っていた。門人も皆気さくですぐに打ち解け、道場での稽古も農作業も真面目にやっていた。道場では若いが身元の確りした武士の出であるとして、周りの者が一目置いてくれているようで、その対応が次郎太は嬉しかった。

次郎太の腕は入門した時点で既に上位にあったが、中には農民でも勝てぬ者がいた。道場での毎日は農作業と道場稽古、次郎太には気疲れのない大変に良い道場であった。道場の鍛錬は刀剣だけではなく、弓矢による射的から槍や薙刀の稽古。開眼者、浅山一傳斎一存の野戦で得た実践型の武術指導は、次郎太が以前から考えていたものと同じであった。柄の長い武器は、集団での野戦では有利との考えで一致していた。

次郎太の個人的に取り組んでいた鍛錬は薙刀を手にしての訓練が多かった。薙刀は柄も長く道場内では扱えないから、当然外に出ての稽古であったが、その実践については未知の世界であった。道場主山崎十右衛門も、次郎太の薙刀の修練を見ていて、その恐るべき武器の扱いに脅威を感じていた。

昼間の農作業と夕方からの道場での稽古は厳しいと感じる時もあったが、大半の門人がその日課をこなしているし、お互いさまで、苦しみは感じなかった。

道場の在り方としては、武芸だけに限らなかった。人間性を第一に考え、時折、仲間同士が一つになって楽しむ時間も大切にしていた。それも指導の一つであった。人間は苦しむだけでは成長しない、楽しみも苦しみも双方知ることによって人間は成長するものだと。楽しみを知ることによって苦しみに耐えられる、苦しみを知ってこそ楽しいことも享受できると。それらを皆で分かち合い共に生きるのが修練の一つでもあると、浅山一傳斎が残した遺産であった。武術とは、己の身を守り他の人を救うための剣の道、と指導していた。

多くの門人が助け合いの中で楽しむ行事は多々あった。一日雨降りで農作業ができない時などは、道場の仲間同士で粕川に行って魚捕りをする。半分は遊びだったが、皆で川原に出て大騒ぎ。魚捕りと言っても暢気な魚釣りではない。粕川の河原で土や石を積んで水の流れを変え、竹で作った簀の子で囲い込み、手網で掬い上げる。大勢でなければできない漁法である。大がかりな仕掛けで、鮒に鯉、鰻、泥鰌、川海老など多種多様な魚が沢山捕れた。当然のように村人や子供達も参加し、賑やかな雨の日の行事となっていた。

しかし夕方からの道場稽古は休みではない。時によると雨の中、外で行う訓練もあり、厚手に編んだ重みのある蓑を着て、戦時の重い鎧代わりとして野戦の模擬訓練を行ったり、野駆けの競技会などもやった。

川猟の収穫物を持って道場に引き上げると、自分達で作った野菜も入れて芋煮会のお祭り騒ぎ。門人でない女子供も飲み物などを持って参加する。道場内での飲み食いに合わせ、少額の掛け金での小博打も女達まで加わってご開帳。時によって遅くなり道場主から遅くなるから帰れと叱られ追い出されたが、本人達は叱られたとは思っていない。楽しい夜の一時、明日の農作業の妨げになると考えての小言であった。そのような道場での楽しさに時の過ぎるのを忘れることもあった。

いつしか次郎太は一傳流道場に来て二年が経っていた。信太次郎太の道場での番付掛け札は、師範代である孫大夫（事実上は代表）の隣に下げられていた。

元々次郎太の持つ技能は優れていた。入門当初から番付札は六番目であった。最初ここに来た時は、関宿の道場での荒々しい術であった。だが今はその荒々しさはなく、一傳流の流儀に沿って、その技能は静かに次郎太の身についていた。

入門以来仕込まれた技には得るもがあった。特に成長著しいのは剣の扱いだった。

集団戦の戦場において、馬上での武器は薙刀が一番有利との考えには変わりない。しかし、旅をしてみて分かるのは、薙刀は持ち歩けない。先々修行の旅に出る時の身軽さを考えれば、腰に差して歩ける刀の技こそ必要と考えた次郎太は、刀による一傳流居合術の取得を目指していた。新しい技能を知ることにより次郎太の剣技は充実していった。更に半年と経たない内にその実力は道場随一とも言える位置にいた。

次郎太は道場においては新参者ではあったが、時たま訪れる牢人らからの他流試合の申し入れは、全てを次郎太が引き受けていた。何処の誰とも分からぬ流れ者達の道場破りだ。特にこのような田舎道場は狙われやすい。概ねその場で断わられるのを前提での草鞋銭稼ぎであり、真実試合を望む者達ではない。そうした輩は何処の道場でも敬遠する。ところが次郎太としては、他流試合は望むところであった。次郎太がいる時は試合を申し入れても簡単に応じるので、草鞋銭稼ぎに申し込んだ者の中には逃げ出す者もいた。それでもならず者や食い詰めた牢人者は、試合を受け入れられては逃げ出すこともできず、次郎太と立ち合って勝って帰る者はいなかった。次郎太としては居ながらにして他の流派の技を知ることができるので歓迎していた。

次郎太は既に道場主の十右衛門より浅山一傳流の免許も受けていた。今は道場師範の一員として道場内では門弟の指導に当たっていた。代稽古、師範代となっても、道場内の手伝いは今までと全て変わることなく務め、楽しそうに励んでいた。相弟子の中で、百姓の倅に素晴らしい修行相手もいた。道場近くの膳(ぜん)村に住む、膳氏の血を引く領民の六男で、仲間からは「膳の六郎」と言われていた。彼の目的は腕を磨き武士として武家勤めをすることだった。

剣の扱いも上手く、常に上位の位置にあったが、未来に対する考え方や希望にも共通点があり、二人は特別に気の合う相弟子であった。農作業中でも二人の話は剣の扱いと天下の動きだった。今は徳川の天下となっているが西国、大坂城周辺の動きが何かと騒がしい。また大きな戦いが起こるのではないかと話し合っていた。六郎は農家の六男、武士を目指すために新たな戦場を求めていた。武術を生かして出世するには戦がなければなし得ない。天下の乱を狙う膳の六郎の現在は、そのための自己修錬の時であった。

二人は農事作業を差配する丑田屋敷付きの責任者から、今日の作業の指示をされていた。二人の作業は収穫期に入った芋の掘り出しである。手馴れた手つきで二人は指示された収穫に当たっていた。だが作業中でも武芸のことが頭から離れない二人の心は道場にあった。

芋掘り作業中、突然六郎が拳程度の芋を掴み、四間ほど離れた所で作業をしていた次郎太目がけて力一杯投げつけた。武芸者の投擲は普通の者が投げたのとは違って速い。そして的確だ。作業に熱中していた次郎太の顔面目がけて飛んできた、正に一瞬である。次郎太はそれを手にした鎌で確りと払った。投げ返すこともあったが、そうした行為は彼らにとっては遊びであり武術の修練でもあった。親しい相手であっても常に気は許せない。武芸者として、お互い身近に迫る気配を感じ取らなければならない。己が身を守るためにも。

たとえ寝ている時も、身に迫る殺気を感じ取れないようでは武芸者として生きていけない。そのためのお互いの日常的な訓練である。屋内においても外の自然の中でも、気配を察知する力を養うのは大切なのだ。修行中であれお互い気は許せないが、それでも大切な友達であった。

若い二人の間では武術の話は絶えないが、私的な話もあった。若い二人である。当然、関心を持つ他のことといえば異性に繋がる話。だが次郎太は女の話は苦手であった。実家での修行中も女は禁物と教えられていた。門人同士で道場近くの遊郭遊びの話に花が咲くこともあるが、次郎太は傍で聞いてにたりと笑うだけで、話には乗らない初心な男であった。六郎からは誘われるが、まだ岡場所に行ったことはなかった。

芋の収穫も終わって、一箇所に集められた芋を藁で作った畚（もっこ）に入れ、竹の棒を通して二人で担いで屋敷の納屋に運び入れていた。大きな納屋の土間で陰干しをするため、陽の当らない所に芋を転がし風に当てるようにする。次郎太が篭から芋を転がすように開けていたその瞬間、光の如き速さで黒く光るものが次郎太目がけて飛んできた。次郎太は一瞬、その場で身を反らしてそれを避けた。開けたばかりのその篭に、吸い込まれるように飛翔体が刺さった。次郎太は身を伏せて、そのまま転がるようにして荷車の陰に身を隠した。

一瞬、飛来物の飛んできた先の納屋続きの屋敷の勝手口に目をやると、赤い布切れが編み込まれた草履を履いた小さな足が消えるのが見えた。藁篭に刺さったものを手に取って見ると、それは立派な小柄の類である。安物とは思えないつくりの刃物で、一般的には武士が持つ。手裏剣と同じような飛び道具に類する武器でもあるが、普段は身の回りの小道具として使用されている。だが農民が持つような品物ではない良いものだ。この小柄を身に受けたら、手裏剣と同じで大怪我をするし、場合によっては死ぬ場合さえある。このような物騒なものを子供や女が持つのは不思議だと考えながらも、常に気を許せない道場だと思い宿に帰った。

翌日、膳の六郎を捕まえて昨日あったことを話してみると、

「それはここに時々遊びに来る結という女子だ」

六郎によると、先代の道場主である一傳流元祖の浅山一傳斎の孫で、小太刀の名手と言われているそうだ。手裏剣も上手に扱うその女子は、屋敷では大切に扱われている娘だが、何処に住んでいるかは知らない。その少女を六郎も時々見かけることがあると言う。六郎はその結という小娘とは一度も口を聞いたことがないらしいが、何か曰くありげな娘のようである。

それにしても奇態な小娘の行為に次郎太は少なからず関心を持った。そして一瞬目にした小さな足を思い出していた。

元服、信太新左衛門勝長

次郎太はこの道場に来て剣の修行に励む内に、相手の心を読むことの重要性、人間の心の動きを事前に察知すべきだと気付いていた。身体能力の成長とともに、いつの間にか人間性をも育んでいたようである。武芸者として立派な技能を身につけてはいたが、それもこの道場を基準にしての己である。未だ、他国に住む武芸者の技能や心情を掴んだわけではない。広い世間、世の中を深く知る必要性を感じていた。己の実力が他国で何処まで通用するのか分からない。すぐにでも旅に出て、他国の武芸者達の実態を知りたいと思っていた。

次郎太がそのようなことを考えている時に、師匠の山崎十右衛門から話があった。二十歳を過ぎた男子としては大変遅い元服を勧められた。鳥帽子親は山崎十右衛門で、信太次郎太の名を改め信太新左衛門勝長と名乗り、改めて正統な浅山一傳流居合術総目録を授けられた。この道場において全ての技能を伝授されたのである。

改めて一傳流の流れを聞かされていた。流祖、開眼者の浅山一傳斎一存という人の在りし日の姿を想像していた。どのような人であったか山崎師匠に聞いても、ただ立派な人であったというだけで、一傳斎の生死の様子は分からなかった。お会いできなかった残念な思いだけが心にある新左衛門は、浅山一傳斎の姿を頭の中で思い浮かべながら長い間黙祷した。

新左衛門は自身の実力の程度を知りたいし、新たな技も習得したいと、諸国修行の旅に出るつもりだった。そこで、十右衛門の勧めもあって西国に武者修行に旅立つことにした。

新左衛門にとって上州の地で送った三年間は良い修練の月日であった。浅山一傳斎一存の真の剣友であった神陰流の開眼者、上泉伊勢守信綱に憧れて上州を目指してやって来た新左衛門である。その流れを汲む柳生新陰流の真髄を知りたいという気持ちは、師匠である山崎十右衛門も共に持っていた。師匠の思いもそれとなく聞いていた。

新たな名を得た信太新左衛門勝長は、一傳流道場では農作業に従事する中で養った人間性と、浅山一傳斎一存の意志を引き継いで新しき時代の剣士としての信念を学んだ。自分が手にした技能を若い人達に伝え、他の人のための力になれるよう、新たなる武道の技を創り指導できる人間になりたいと思っていた。

この地に来てから新左衛門は、来た当時の荒さは消え、落ち着きのある若者に変わっていた。道場においてはその若さに似ず、門弟の指導には人気があった。今ではこの近辺では右に出る者なしとも言われ、剣を扱う者としての人格もできていた。

剣法の際限のない奥の深さに魅せられた新左衛門は、更なる充実を求めるべく、広く各地の武術や武術家のことを知りたいと思う。それに今はまだ想像の中でしかないが、忍法のことも是非知りたいと思っていた。武道の進化の中、新たに生まれ出た忍法の持つ真髄、その実技と修練に深い興味を持っていた。

先のことは分からぬものの、他国で多くの剣士から学び、己の技能の限界も知りたい。そして更なる修錬を積みたいと思っていた。

旅立ちの日、信太新左衛門勝長は道場のある屋敷の門前に立っていた。勢多郡中村の浅山一傳流道場の一門の者や屋敷の人達が見送りに出ていた。何かと世話になった人達だった。集まった人達から無事の帰還をと声をかけられ、涙を抑えながら応えていた。

「長い間お世話になりました」

何か込み上げてくるものを抑えていた。

三年余、家族のように親しく接してくれたみんなには感謝の気持ちしかなかったが、上手く言葉に表現できない自分であった。武者修行とは武芸の修練であり、この旅は命懸けになる。これが今生の別れとなるかも知れない旅だ。涙を堪え深く頭を下げていた。

道場の門人達は当然ながら、屋敷の使用人や多くの村人達に見送られていた。その中に一人気になる見送り人がいた。普段見かけない十三か四の可愛らしい娘が、多くの人の影から恥ずかしそうに小さく手を振っていた。その子に顔を向けるとにっこり笑った。その姿に一瞬息を止め、娘の足元に自然と目がいった。その足には見覚えがあった。突然自分に向けて小柄を投げた、あの時のあの娘の足だった。あれ以来脳裏を離れなかったのだ。新左衛門は笑顔を返した。

新左衛門は懐に手を入れた。これまで誰にも見せずに大切に持っていたもので、この度の旅にも持ち歩く心算でいたあの小柄である。あの時悪戯に自分の体を狙って放たれた小柄だ。何故自分を狙った凶器を大切に持っていたか、自分自身でも分からない。しかし今、改めて笑っている娘を見ると、可愛らしい笑顔の少女だ。その娘が人影から自分に向かって何故かはにかむようにっこり笑っているのだ。

新左衛門は暫く、傍にいる人がどうかしたのかと訝るほど動きを止めていた。やがて静かに歩み出すと少女の前に立ち、静かに小柄を差し出し少女に手渡した。娘は、はにかむように丁寧にそれを受け取り、軽く頭を下げた。

「ありがとうございます。これは祖母の形見の品、返して貰えないものと諦めていました。あの時は御免なさい、悪気があったわけではなかったの。自分でも何故あのようなことをしたのか未だに分かりません、お許しください。信太様には忘れずにこの地にまた帰って来てください。お待ち申し上げます」

挨拶の言葉は立派な一人前の娘のそれであった。

そのまま恥かしそうに人の陰に隠れるようにしていた。新左衛門も笑顔を見せて、好意ある眼差しで何気なく右の手を差し出していた。本人は無意識だったのだが、他の人に隠れるようにしていた少女は新左衛門のその手を見て、静かに手を伸ばしてその手を軽く握った。

「私、結と申します」

恥ずかしそうに頬を染めていた。

伊賀忍法と柳生新陰流の探求

惜しまれながらも浅山道場を後にしていた。当時、武者修行と言えば、真面目に励む者ほど無事で帰ってこられる者は半数、などと言われていた時代である。永の別れになるのはあり得ることで、見送り人の誰の心にもそんな思いはあった。

まずは中仙道に向かい、それを西に碓氷峠を越えて信濃路に入り、深く長い山中を通り抜け、四日ほどかかって信州松本城下に来ていた。初めて見る本格的な天守閣を持つ松本城、城郭の部分修復のための工事を見ながら、その巨大さに圧倒されていた。城下町の小さな宿屋に宿泊することにした。

これから自分が行く目的地は、上泉伊勢守の流れを汲んだ柳生新陰流の道場と、大和や伊賀の里であった。道場の稽古にはなかった甲賀や伊賀忍法の技の一端でも知りたいと思っていた。その他にも、誰しもが憧れる京都の町の見物があった。誰もが一度は訪れたい京の都、多くの歴史を刻んだ雅な町並み。天帝の御座所でもある。話には聞いているものの、一見は百聞に優ると言われる通り、新左衛門とてみんなと変わらない。戦乱の世も終わり、華やかな京の町並みは誰しもが憧れる所であった。新左衛門としては先に京の都を見てみたいと思う気持ちは変わらないが、楽しみは後に残しておくことにした。

道場を旅立つ前には、未だ見たことはない新しい新左衛門の里となった、奥羽の久保田城下にも、久方ぶりというよりは家出して以来、初めての手紙を書いた。送り先はまだ見たことのない北の奥地、秋田の地の信太家新屋敷宛てであった。自分が元気であることと、これから上方に遊山に行くのだと書き添えた。心配をかけまいと修行の旅に出るとの話は触れなかった。初めての手紙としては確りとした一人前の文面だった。

上州からここ松本まで各派の道場を訪ね歩き、許される所ではその地に留まり、道場での稽古を受けてきた。だが試合の申し入れはしなかった。試合を望むと道場破りと思われ受け入れて貰えないのを知っていたからだ。指導料を払い、門人達と立ち合い稽古に励んだ。流派の違う道場の持つ特技を学んでいた。

ある一つの道場では、あっと言う間にひと月ほどの研鑽を重ねていた。新左衛門としては得るものがある所では留まり、そうでない所では長居はしなかった。修行方法も上手に学び、楽しい期間を過ごしていた。

そのような武者修行も一年間はいつの間にか過ぎていた。旅慣れもある。そろそろ上京をと思いながらも、当初から頭にあった、忍法の里とも言われる伊賀国を目指すことにした。

夏も盛りを過ぎていた。新左衛門は美濃に入っていた。旅に出る際に道場主の山崎十右衛門から貰った大金、十両の金の大半はまだ残っていた。それが懐の中で重く存在感を主張する。名所旧跡も探索しながらの武者修行、今は山を越えて美濃の稲葉山城（岐阜城）の山裾を巡り、長良川沿いを下るようにして美濃路から名古屋に入った。そこから佐屋路に入って南下し、鈴鹿山脈を西に見ながら伊賀の里に向かっていた。

伊賀の里に来てみれば、山また山。甲賀の郷にも近く、また柳生の庄とも接した深い山間の地で平地の少ない土地柄。山中に住む人の生活は余り豊かではないようだ。

この地方の人々が生き抜くためには農耕だけではその生活は成り立たない。副業を持たないことにはやっていけないのだ。その多くは出稼ぎだった。

主家などの密旨を帯びて探索に従事する者を隠密と言うが、忍者や間者とも呼ばれ、南北朝時代には既にいたという。戦時においては独立した部隊として諜報活動や破壊活動、暗殺などを行う役割を担っていた。この地方の者を伊賀者と呼び、彼らの持つ忍法、忍術の技はこの地方の者達の特技として、全国から注目され重宝がられてもきた。

諸大名同士の覇権争いに情報収集は欠かせない。他国の内情を調べる命を懸けた秘密裏の仕事である。この地の住民はこうした特殊な技能を持ち合わせたがゆえに、他

どの祠を、一夜を凌ぐための宿としていた。国境のこの社は辺りの様子から、この里の影の者の溜まり場の匂いが感じられる。また神社内部には浮浪者のいた痕跡が見られた。尾行者の存在はこの辺りから始まっていたものと思われる。

伊賀上野城の城下に着いた。慶長十三年（一六〇八）、改易された筒井定次に代わり伊予宇和島城から藤堂高虎が入封していた。

その城下町の中でも大きくて感じの良い旅籠屋、淀屋に新左衛門はひと月ほど泊まることにした。余所者だとの余計な斟酌を受けないため、先に金一両を出して何日泊まれるかと聞いた。朝食だけ付いて一ヶ月間と聞きそこに逗留することにした。一ヶ月で一両出す客は上客であるとみえ扱いは大変良かった。

翌日は、旅の疲れを癒すために一日ゆっくり休んでから、城下をはじめ付近一帯を見物しようと考えていた。しかし夜が明けてからは、新左衛門の性急な性格が出ていた。朝になると既に前日の考えは何処へやらで、早々に宿を出て町に出ていた。

当時、この地方の多くの人は、関東地方はまだ田舎と変わらないと思っていた。言葉も服装も違うし、新左衛門は一目で余所者と分かるようだ。何処に行っても東国者として見下げられている感じだった。そこで呉服屋に行って新たに着物から野袴まで、京に近いこの地方の流行り物だという着物を一式買い揃えた。しかし言葉はどうにもならない。地元の人に話しかけてもこちらは関東訛りで、お互い理解し難いところもあったが、旅慣れている新左衛門としてはそれほど気にはならなかった。

町中の見物では、何処であれその地にお城があればまずそれを見に行くのは常であった。伊賀上野城は松本城に比べれば異色の城ではあるが、堀もあれば高い石垣もある。松本城のような天守閣はないが、藩主と臣下の者達や領民、領地を守るための要塞である。世の中が落ち着いてきたとはいえ、関東方面から漏れてくるきな臭い新たな戦火の臭いを多くの者が感じていた。城を取り巻く堀の前の広場を見れば、いつでも戦時に戻れる態勢はできているようだ。

正午も過ぎていた。お腹も空いてきたので何か食べ物屋はないかと探した。新左衛門は通りに面した草団子屋に立ち寄り、店の前に出された縁台に腰を掛けた。店の者が出てきて、今は団子しかないと言いながら注文を聞きに来た。

団子を注文している時に、一瞬、不自然な殺気のようなものを感じ、何気なくその方に目を向けると、何処かで見たことがあるような男がやって来た。何処で見たのかはっきり記憶にないが、その何とも言えぬ物腰に、新左衛門は常人ではない動きを感じていた。神経を集中して注意を払っていたが、他に客はいなかった。この地に来た時もその人物と似た感じの尾行者がいた。

その男は店の女に茶を注文していた。それを横目で見た時、相手も顔をこちらに向けて一瞬目が合った。新左衛門は無意識に少し頭を下げた。だが相手からは何の反応もなかった。不自然な時間が過ぎた。相手は何を思ったか急に腰を浮かした。そして何も言わず、出された茶を一気に飲むと、床几の上に小銭を置き立ち去ろうとした。新左衛門としてはこの土地で初めて、意識してしっかりと顔を見た男だ。今、腰を上げてこの場を去ろうとしている男に声をかけた。

「ちょっと失礼を申す。昨日どちらかでお会いしましたね」

相手は踏み出す足を止めたが、そのまま返事することなく立ち去った。その去り行く足の運びも只者ではない。普通の者なら気が付かない動きであったが、多くの修練を積んだ新左衛門は気が付いていた。

その者を見送りながら、麹味噌を塗した団子を口に運んでいたが旨かった。間もなく茶の代金を払って店を出ると、城を眺めながら町中を大回りして宿に戻った。部屋に入って横になり、今日一日の城下での出来事と、今日会った男の顔を思い出していた。あの足の運びが忍者のものと思えば、あの身のこなしにも納得がいった。

城主の藤堂家は外様大名である。幕府の監視の目を気にしてもおかしくはない。あの男、俺を幕府の隠密と見たか。違うとは言え、監視されているというのは余り気分のいいものではない。自分の身元が知れるまでは暫く付け回される可能性は高いが、煩いだけである。自分なりの判断だが、分かればその内関係なくなるだろうと勝手に判断していた。

旅籠の座敷で横になっていて、日も陰り夕闇も迫ってきた。宿の者の案内があったので風呂場へ行った。月もない静かな宵だった。風呂場は茅屋根に篠を編んだ簾によって囲われただけで、湯を沸かす釜で焚く煙が辺りに漂っていた。多少煙たくて目をこすりながら裸になり、むせ返る思いに堪えながら浴室に入り、湯船から桶いっぱいの湯を汲んで体にかけたその瞬間である。絹を裂き切るような低く小さな弓なりの音がして、新左衛門は洗い場に尻をつけて横になり、手にした手桶で何かを受けていた。ぶすっと低い音とともに手桶の底に金属片が刺さる手応えがあった。手裏剣だ。新左衛門は次の襲撃を避けるため、咄嗟に風呂場に接する勝手場に素っ裸のまま飛び込んだ。その時手にしていたのは濡れた手拭一本。

驚いたのは勝手場で働いていた女や板前達。突然素っ裸の男が飛び込んできたのだ。それよりも当の新左衛門、一瞬だが命に関わる急場は避けたが、今、素っ裸で大勢の女達や板前の中にいる自分に気付き、顔を真っ赤にして自分の前の物に手を当て戸惑っていた。それを見た食材を加工していた年増の女が自分の前掛けを外して投げて寄こした。

新左衛門はそれを手にして素早く腰に回し、やっと自分を取り戻していた。そして外の様子を窺いながら、襲われた風呂場の中を覗いたが、賊は既に逃げたらしく静かだった。そこで慌てて脱衣場に戻って脱いだ着物を着た。着物を着るとやっと気持ちも落ち着き、先程の年増の女の所に行って借りた前掛けを返した。

現場の浴槽に再度戻ってから、外の様子を見るために足を向けた。呼んでいた番頭に風呂場で起きた出来事を話し、手桶の底に刺さった手裏剣を抜いて見せながら、このような事件はよくあるのかと聞いた。番頭は新左衛門の手元を見て驚き、このようなことは初めてです、申し訳ないと頭を下げるばかりである。新左衛門としても深く追及したところで宿屋も返答に困るのは分かっていた。それでも、自分としては何者か分からぬ者から狙われる理由が分からない。俺はこの地に入って何も悪いことはしていないし、命を狙われる謂われはない。思い当たる人物といえば、昼間団子茶屋で会ったあの男か……。

手裏剣を受けた桶はそのまま放置されていたが、自分でなかったらまともに受けていただろう。場合によっては死に至っていたはずだ。自分でもよく避けられたなと思う。

宿では、客が狙われた事件を知ってか、その後誰も風呂に入る者はいなかった。

新左衛門は招かれざる客となってしまった。だが宿としても、新左衛門が何か悪いことをしでかした様子もないし、上客でもあり、悪い人物とは思えず恨むことなどできなかった。翌日には宿の風呂場に大工が来て、外側に厳重に厚い板が張られた。それ以降、風呂場で襲われる者は誰もいなかった。

よく考えると、茶屋の男は新左衛門から声をかけられたことにより、自分の身分を見破られたと勘違いしたのかも知れない。自分の身分を知られるのは忍びとしては恥である。それと、新左衛門の身のこなしに深い疑いを持って襲ってきたのかも知れない。相手は伊賀忍者か。地元だし仲間も大勢いるだろうから、再度襲われることを想定しておかなければならない。忍者の郷に気軽に来たつもりが、大変物騒な所に来てしまったんだなと思った。

伊賀忍者との出会い

昨晩の風呂場での奇襲は新左衛門には衝撃だったが、今朝はゆっくり休むことができた。

宿の中が静かだと思ったら、既に多くの宿泊客は旅立っていた。連泊の客は他に一組の親娘連れだけで、その客も朝食は済ましたらしい。宿の女中が昨夜の事件が心配で部屋に様子を見に来た。さすがに本人も起きて布団も畳み腹が空いていた。遅くなったが今から朝飯を食べに行こうかと思っていたところであった。

そこに入って来た女中は、この部屋を含めて二階の四部屋が担当で、花と呼ばれていた。花は新左衛門の座敷前の廊下に座り、両手を突いて静かに頭を下げた。何か不安を抱えているかの様子である。

「おはようございます、昨夜はゆっくりお休みになれましたか。昨夜は風呂場であんなことがあって驚きました。宿の男衆が昨夜は寝ずに番をしていましたが、何事もなく夜が明けました」

と話しながら布団を畳み直していた。新左衛門はそれほど気にしてはいない。

「花さんか、心配かけて済まないね。俺のことはそんなに心配しなくていいですよ。

それより遅くなってしまったが、朝食は大丈夫かな」

「それは心配ありませんが、お侍様には何か人に狙われるようなことでもおありなのですか」

顔色がよくない。心配してだろう冴えない顔をしている。新左衛門は笑いながら、

「あの賊は、何か勘違いしているらしい。わしはあのような者に狙われるような者ではない。江戸より北にある上州から来た田舎者だが、色々気遣いしてくれてありがとう。そなたも昨夜のことで大分気疲れしたのではないか。これは気持ちだが取っておいてくれ」

懐から巾着を出して小銭を渡した。女中の花は、思いもしなかった心付けに目の奥に明るいものを見せながら、

「宜しいのですか。お気遣いありがとうございます」

言いながら、それでも予定になかった実入りを喜んでいた。食事は自分の部屋でも食べられるが、自分一人が台所に行った方が早くて世話がないので、下の勝手場横で食べることにしていた。階下に降りるため部屋を出ると、案内に立つ花の話を聞きながら廊下を歩いていた。その先にある真っ直ぐな階段はかなり急であった。その鉄砲階段（直進階段）を手摺に掴まりながら降りていった。勝手場横の広い座敷に入ると箱膳がぽつんと一つ置いてあった。新左衛門はその前に座ると、間もなく番頭が来て

丁寧に挨拶した。

「昨晩、風呂場で賊徒に襲われましたことには驚きました。至らぬことで済みません。お客様にお怪我がなくて何よりです。お客様のその身の軽さで無事に済みましたこと安堵致しました。この辺りは伊賀の郷と言われまして、忍びの技を持つ者が多い所で、よく客の財布などが狙われますので注意が必要です。お客様もご用事があって来られたのだと思いますが、この辺り一帯は何かと物騒な所ですので、早めに用事を済ませてお帰りになった方がよいかと存じます。本来ならばゆっくりお泊まり頂いた方が宜しいのですが、昨夜のことが心配で……」

番頭とすればこれが本音だろう。物取りではなく命を狙われる物騒な客だ。何かがあるから狙われるのだろう。確かにこの客は金の支払いで心配することもない良い客だが、今後長く逗留して貰うのは宿屋としては心配である。

そんな話を聞いても新左衛門としては気が回らない。聞き流してしまい、自分がここに来た目的が何であるかを気軽に番頭に話していた。

「番頭さん、この辺りで確りした剣の道場はないか。特に小太刀をよく扱う道場に行きたいのだ」

番頭は話を聞いて、この客は簡単には帰らないんだなと思いながら、予定通りの長逗留を覚悟しなければならなかった。だが小太刀を使う道場と言えば、この地に多い忍者のほとんどが小太刀を扱う。困惑顔を消さないまま、「この城下の道場ですか」と両手で刀の柄を握る真似をして見せた。

「そうだ、この辺りには武術の道場は多いのだろう」

顔をほころばせながら念を押すと、番頭は少し考えていたが冴えない顔をして応えた。

「この前の道を左に二丁ほど行くと右側に路地があります。その道を一丁ほど行くと左側に、名は思い出せませんが道場はありますが。小太刀を扱うという話は聞いていませんが、この辺りでは名が通った道場です」

「ありがとう。その道場に顔を出してみるか。番頭さん、俺は、今は修行中の身で各派の剣術を学ばねばならん。旧い話と思うだろうが武士の務め、武者修行だ。今日の帰りは何時になるか分からんが、心配するな、必ず帰るから」

と言い残し、新左衛門は宿を出て教えられた道場に向かった。

道筋には雑多な商家が軒を並べている。教えられた通りに町角を曲がると、町の姿は様変わりした。外壁に材木などを立て掛けた職人町で、その先に青く繁った野菜畑が見える。その向こうに一目で道場と分かる建物があった。立派な道場だ。朝なのに威勢の良い木太刀の触れ合う音が聞えてきた。

新左衛門は玄関口まで行って案内を求めた。やがて弟子の一人と思われる者が現れ対応した。短い期間の入門を申し入れると、「少しお待ちを」と言いながら奥の部屋に向かった。間もなく、代稽古の立場にあるという人物が出てきて、玄関の控えの間で立ったままの姿で声をかけた。

「入門を望む者はその方か。ここは看板にある通り示現流道場、貴殿の今までの流派はいずれか。入門は短期間と聞いたが、当道場としては余り感心しない。示現流を学びに来たのではないのか」

と聞かれた新左衛門は、

「初めてお目にかかる。私は東国、常陸国は房州の境に近い信太に生まれし者で、信太新左衛門と申す者。修行先は上州にて浅山一傳流を少し習い、新たに当道場にて示現流の指導を受けたく参りました。この道場のことは宿の番頭に聞いて参りました。手解きなどを受けたく、暫しの間入門をお願い致します」

とありのままを申し述べた。

「半時（一時間）ほどお待ち願いたい。師の許しを得ねばならない」

言われて控え室に案内された。半時とは待たせるなと思いながらも、それとなく道場の方を見ていた。地方道場としては立派な構えで、浅山一傳流道場とは大分違う。控えの間で暫く待つ間、道場の弟子達が立ち合う音を聞いていた。今聞こえてくる木太刀の触れ合う音を聞けば、その門人達は未熟者とみた。一時控えの間で待つ内、昨晩のことがあってまだ寝足りなかった。いつしか好い気持ちで居眠りをしていた。はっと気が付いた時に、前の襖が開いて立派な羽織を着た侍がそこに立っていた。

一度、新左衛門は座り直して深々と頭を下げた。前にいる人物がどのような人かは分からないが、少なくも当道場の当主か師範代に違いないと見た。

「お待たせ申した。当主、柏村泰蔵と申す。入門の依頼でお越しになったと聞きましたが、まだお若いお方とお見受けするが、この道場に申し込まれた理由をお聞かせ願いたい」

新左衛門もまだ若い、丁重なる対応に少なからず緊張していた。

「はい、拙者は常陸国、信太の里から参りました、信太新左衛門勝長と申します。新しき時代に向け、当地は武術の盛んな所と聞き参りました。当地に来たばかりで何も分からないまま、宿の番頭に良き道場をと聞き及び、当道場の柏村様の薫陶を仰ぎたく参りました」

道場主は軽く頷きながら、

「新左衛門殿には、昨晩は何か災難があったと聞きますが、お怪我はなかった様子、何よりのこと。くれぐれもお気を付けられるように」

言われて驚いた新左衛門、昨晩のことが既にこの道場で知られていたのだ。この様子だと、この町では一日と経たず自分のことが知れ渡っていると理解しなければならないようだ。

「ここ、伊賀は、ご存じの通り忍法で名が知れており、多くの者がその術を取得している大変物騒な町。大いに気を付けられるがよい」

「ところで、入門のお許しは頂けますのでしょうか」

と聞くと、これが笑顔かと思える表情で、

「あれこれ全てを聞いてしまって断わるわけにはいかないな。そなたの技能は既に免許の腕に達しているのではないですか。お年は幾つになられる」

新左衛門は年の若い自分に貫禄を付けるために歳を偽っていた。自分の本来の歳では子供扱いをされると思ったからだ。

「二十五になります」

「二十五歳か、まだ若い。挨拶も素直で良い若者」

と言いながら、今度は声を出して笑った。新左衛門は内心気が引けた。笑われたことで、偽りの歳を言ったと悟られたかと身の縮まる思いで顔を伏せた。

「それでは当道場の規定で入門費は二朱、月謝も月に二朱前払いという決まりになっている。それで良ければ」

と聞かれ、「宜しく」と言うと、師範代に紹介された。師範代の名は鈴木羽衛門と名乗り、背も高く精悍そうな面立ちには厳しさが感じられる。改めて挨拶して入門費の支払いを済ませた。

翌日から道場通いが始まることになったので、新左衛門は帰りに町の呉服屋に寄って道場着を買い求め身支度を整えた。

この国に入ってからは予想もしないことが多く起きる。見知らぬ男に後を付けられ、風呂場で襲われ、道場に行けばその話が早くも町中に知れ渡っていた。言われなくとも、この地は情報が伝わるのが大層速く、物騒な所であると受け止めた。

翌日、初めて道場を訪ね末席に座って待っていると、柏村道場主が今日は私用で留守と知らされた。鈴木羽衛門師範代から、新入門者であると並み居る門人達への紹介があり、共に励むようにと言い渡された。そして、早速上席の若者、斉藤文吾との初手合わせとなり、怪我を避けるための立ち合いの注意事項を話された。当然、道場での稽古は何処でも木刀で行い、立ち合いの打ち込みは相手の肌一寸先で止めることと言い渡された。

二人は刀掛けからそれぞれ好みの長さの木刀を手にし、中央に進み出た。初めての門人の相手をするのに上席の門弟が選ばれたことで、居並ぶ門弟達は驚きの面持ちだった。

二人は一礼して対峙した。新左衛門は全長三尺の長さの木刀、斉藤文吾は二尺三寸と短い木刀は真剣だったら長脇差の長さ、試合にはその木太刀の短い木刀を手にしていた。

「御免」

お互い声をかけて木刀を合わせると、それぞれが一歩身を引いた。新左衛門は一目で相手の力量が分かった。怖い相手でない。一気に仕掛けて弾き返されても、自分の身に相手の木刀が届く距離ではない。暫し間を置いて正面から打ち込みをかけていた。相手の木刀はその打ち込みを小太刀で軽く弾くと、その返しが意外に早く我が身近に迫り、予期しない速さで胴払いを仕掛けてきた。その動きの速さには驚いた。

相手の木刀は短いだけに片手でも振り回せる。その小太刀の動きは速い。その小太刀をどうにか避けて後ろに一歩下がるのが精一杯であった。更に三歩ほど下がっていた。相手の小太刀の攻勢は片手打ちになっている。打ち込みの力はないが、その小太刀の木刀の動きは思っていた以上に素早く感じられる。新左衛門はその鋭さに対応して、小太刀を持つ右手で胸元への突き技を仕掛ける。それには相手も驚いていた。

二人は二、三回打ち合ったが、同時に身を引き、相手方と間合いを取った。新左衛門は相手の動きを見て、小太刀の有利性が分かった。馬鹿にできない小太刀のその動きの速さには驚いた。この地域に由来する忍法を通じて生まれたものと思った。今思い出すと、浅山一傳流の中にも小太刀の扱いが含まれていたことに気付いた。今の新左衛門にはそれを考える余裕があった。その後の二人はそれぞれ木刀で二、三回の軽い打ち合いで身を引いていた。その後、師範代から次の立ち合いの指示はなかった。

二人の立ち合いに勝負は関係なく、新左衛門の太刀筋が分かればよいのだ。二人の立ち合いが終わると、道場内には元の騒がしさが戻っていた。待っていた他の門人達が互いに自分の相手を選び訓練に入った。

師範代が新左衛門の傍に来て、

「信太殿、この道場では信太先生の太刀筋に指導するところはありません。太刀を持っての立ち合いなら、私でも信太殿の剣に勝てることはないと思います。この土地には忍びの者が大勢います。その忍びの者の剣はほとんど長物を使いません。そのような確りとした剣の教義を持たない土地柄、忍びの者の扱う脇差の技に関してはこの道場でも、多くの者が優れた独自の技を持っております。折角ご入門頂きながらこのような話は大変失礼なことですが、忍びの者が習い覚える技と、その小太刀の扱いなら私も幾分お役に立てるかと思いますが、どんなものでしょうか。忍びの者の持つ剣の扱いの感覚は自然の中にあります。忍法の基本技を積まれては如何ですか」

その話を聞いて新左衛門は内心喜んでいた。

「是非お願い致します。今のお言葉大変有り難く思います。お言葉に甘えてご指導をお願いします」

新左衛門の即答に羽衛門は笑顔を見せながら、

「分かりました。それでは早速ご指導させて貰いますが、これからの指導は忍法に通じる基と理解されたい。内容は忍法の基本であり厳しきものがありますが、差し支えありませんね。宜しければ早速指導に移らせて頂きます。少し厳しい鍛錬になるかと思いますが、信太様ならばいらぬ心配かも知れません。宜しゅうございますね」

羽衛門の話し方には何か含むところが感じられた。何があるのかと考えながらも、

「分かりました。是非ともお願いします」

と応えると、羽衛門は、

「それでは今夜暮れ五つ時に道場に出直してください。身につけるのは脇差一つ、あとは足のつくりは厳重にしてここの場所に来て頂きます。あとは、その時によりましての私なりのご指導となります」

そう言われ、新左衛門は礼を言ってから道場を後にした。心の中では暗くなってからの実技訓練というのは忍者らしいなと思っていた。また、夜間の訓練だと聞いて満足していた。今から日暮れまでには時間がある。

宿屋に帰り、宵の口に出かけるので一休みしたいと言って、宿の座敷に上がりごろりと一眠り横になっていた。ひと頃のうだるような暑さは去り、座敷を吹き抜ける強めの風も気持ち良い。昨晩も余り眠っていないため、新左衛門は間もなく深い眠りに

落ちていた。

一方、こちらは風呂場で新左衛門を襲った男、目的を果たせなかったことで自分を責めていた。今まで狙った的を外したことは滅多になかった。あの時の相手は隙だらけの状態であったが、直前に気配を悟られ失敗に終わった。あの勘は尋常のものではない。絶対にあの者の身分とこの地に来た目的を知る必要がある。上司に対する報告では、不審な者を追っていると伝えてあった。その真偽を確認しないで我が務めを果たしたとは言えない。身元の知れない者は場合によってはこの世から消えて貰う外ない。これが俺達の務めである。

万一、自分が狙った相手が怪しい者でなくとも消してしまえば後腐れはない。適当に報告すればそれなりの恩賞はある。幕府の隠密なら襲った以上生かしてはおけない。のちに災いが残ることになる。今の時代、隠密間者の懸念材料は何処にでもある。相手がこの地に長く逗留するというのは何かを掴んでいるということ。後でそれが上司に知れれば責められるし、場合によっては腹切り問題となる。末端にいても、この世界で働く者の失敗への責めは厳しい。事の処理ができなければ自分が消される番になる。事の処理として一番良いのは、真偽とは別に問題に関わった者は証拠隠滅を図り消してしまうことである。

ここから遠くもない柳生の庄の柳生一族は、徳川将軍家直属の隠密。各地の外様大名らの動きを探り、何か怪しげな点を見つけてはそれを追及し、厳重な調査と監視を行い、それを上層部に報告をする。徳川幕府に対し忠誠心を持って働くのが彼らである。

その調査報告で疑いを受けた藩は幕府筋から呼び出され、更なる徹底的な調査や糾問がある。藩存続の危機ともなれば大変な事態であり、その弁明に努めなければならない。幕府としては追及の結果によっては大名や所領を預かる者らを改易する。所領や家禄・屋敷は没収する。政権運営に危険な一族は早急に排除する必要があるのだ。没収された領地は幕府の財源となる。

柳生一族や服部一族などは、その隠密活動をもって幕府から大きな恩賞恩恵を受けている。各地の大名の多くは心から幕府の支配に服従しているわけではない。隙あらば反旗を翻すが、それをさせないがための監視活動である。幕府直属の隠密活動に全てを懸け従事している一族には、柳生のように大名の地位にある者もいる。彼らとて我が身の地位を維持していかねばならぬ。

幕府が求めるのは何処かで反抗の火が燃え上がる前に、その兆候を察知してその動きを鎮めることである。その手先としての隠密は、全国各藩の監視役として各地に散り、厳しい隠密活動に従事している。また、彼らの動きについては多くの大名達は心得ている。

その他に気が許せぬのが幕臣達である。特別の役職もない旗本ら無役に近い者は、出世の道を幾ら求めても果たせない。この者達の密かに事を起こそうとする動きにも注意しなければならない。幕政に対する批判や謀反の気配が感じられれば、どのような手を使ってでも鎮めなければならない。戦場でしか己が力を発揮できない武士達のあがきもあった。それら無役の幕臣の下で働く、僅かの礼金目当ての牢人隠密もいた。金になるその諜報活動では、許し難き手法を使って探索してくる者もいて気を許せない。

当地、外様大名の藤堂家としても同じで、当然にこの地も監視の対象地域であるのは理解していた。現在、各地の外様大名が、幕府隠密の暗躍に特別に気を使っているのは事実だ。新左衛門が、そのいずれかの隠密と見立てられたのは災難であった。

新左衛門は誤った判定を下されていたのだった。新左衛門自身はこうした世の中の動きなど知る由もない。何故自分が狙われているのか気付かないままに、彼の頭の中には修行のことしかなかった。政権の在り方についてなど剣の道には含まれていない。政治的なことや裏の世界については全く感心がなかった。その辺はまだ無知であった。忍法の基本的な価値観を知らないのだ。忍法の技を取得するのは、単に武芸の機能として生かせると考えてのことである。小太刀の扱い方など武術修行に対する理念も元々違うのだ。武術のみに生きる新左衛門にとっては仕方のないことであった。

五つ時（午後八時頃）、新左衛門は道場の門を潜ると、師範代の鈴木羽衛門が待っていた。新左衛門を確認すると、

「お待ちしていました。これから忍びの技能を得るための基礎訓練に入ります。今宵からは暗闇の山中での行動の中で、自然界に溶け込むことを目的とした基本訓練に入ります。これは単なる暗夜の山歩きです。私が先に立ち山道を先導して登りますから、貴殿はその後に付いいて来てください。ただそれだけです。帰りは別の道から帰ります。今日は私がその通る道を案内しますが、明日からはお一人で同じ山登りを宵の口より始めます。これから歩く道筋をよく覚えていてください。闇を見通す力と勘と記憶力の修練です。今日は一時半（三時間）ほどで帰ってきます。

この修行は暗闇の中での透視力の訓練というだけでなく、信太様の持つ勘の強化鍛錬であり、辺りの気配全てを知る〝気〟を養うための訓練と思っています。また、記憶力と暗夜の足の運びの訓練にもなります。修練の最終的目的は、この道程を半時（一時間）で走破することです。それが第一段階の終了です。それができると頭の動き、〝勘〟の働きが良くなります。生物が本来持つ命を守るための基本的生態感覚が取り戻せます。これが忍法の奥義です。あとの訓練は三つの段階に分けて指導させて貰いますが、

信太様にしてはあとの二つは重要な課題ではありません。今日からの第一段階の修練が一番苦しいでしょうが、一番大切なものです。第一段階の修練は特に優れた人でも概ねひと月程度はかかります。大変ですが宜しいですか」

新左衛門は聞いてはいるが、その内容については理解し難く何も分からない。ただ胸の躍るような闇夜の山中での修練には大きな期待を抱き、承知の意を示して頭を下げていた。

新左衛門は、脇差だけを持ってくるようにと言われたので、早速木太刀による剣の指導を受けるものと思っていたが、闇夜の山歩きとは思っていなかった。少なからず納得のいかない気持ちであったが、確かに忍法に通ずる木太刀の指導とは聞いていない。夜間の山歩きには、確かに道場では習得し得ない何かがあると悟った。指導を受ける身であるし、この指示には素直に従うことにした。

「ご指導宜しくお願い致します」

「それでは私の後に付いて来るように」

羽衛門はそう言うと歩き出した。新左衛門はただその後ろを付いて行くだけである。黙って素直に彼の後に従っていた。

歩き出してみると、羽衛門の足は急いでいる様子ではないが意外と速い。彼の後ろ姿を見ていると歩く調子は変わらないが、新左衛門は時々小走りにならないと付いて行けない。畑の畦道を歩いていると、目の前にそれほど高いとは思えない山が迫ってきた。その山に向かっていると、突然真っ暗な林の中の山道を登り始める。

山に入ると山道はすぐに急な上りとなる。平地でさえ足元も見えない暗闇なのに、立ち木の繁った山中は真の闇である。明日からは一人で行動することを頭に置いて、山の入り口や山中の道筋を覚えなければならない。

山中の闇の中に入り、足元の木の根や岩石などに注意を集中していると、通ってきた道の目安となる現況に対する記憶力が失われ、覚える能力も薄れてくる。すぐに闇の中での自身の存在も分からなくなり、明日からこの道を一人で歩く自信など全くなかった。

今はただ羽衛門の後に付いて行くだけなのに、通る山道の観察や現在の位置を確認する視点が定まらない。遅れて歩く新左衛門は何回も羽衛門の姿を見失い、戸惑っていると山の中腹で羽衛門が足を止めて待っていてくれた。どうにか足を速めてその近くまで行き着くと羽衛門はすぐに歩き出す。羽衛門は待つ間身体は休められるが、新左衛門は休む間もなかった。

進むにつれて山は急勾配となり、木々に覆われた闇は更に濃くなり、立ち木に何回もぶつかった。道はなく、急な山道では岩山に足を取られ、熊笹が足に絡むので探るようにして進むのだが、歩き難くなかなか前に進まず、流れ落ちる汗の中息が切れてくる。

先にすいすいと登っていく羽衛門は息など切らしていない。足取りは軽くて速く、山道を迷いなく進む。新左衛門は後ろに付いて行くことができない状態であった。息も切れ喉が渇いて痛くさえなってくる。足を止めて山の上を望むが闇が広がるだけで何も見えない。羽衛門の落ち葉を踏む足音だけが聞えてくる。新左衛門は暗闇の山中を這い回るようにして手先で道を確かめ、足を運ぶのが精一杯。喉は息つくだけでも痛くひいひいと音を立てている。

先に歩く山の上方にいる羽衛門が、手にした木の枝で立ち木を叩き自分のいる位置を知らせてくれていた。今夜は曇り空、森林に覆われた山の中は真の暗闇、それなのに先に行く羽衛門は道に迷う様子もなく進んでいく。新左衛門は何回も立ち止まるが、休む暇はなく身体は限界に達していた。

少し離れた所で鳴く虫の音が騒がしい。今はその鳴き声にも苛立っていた。それは新左衛門には嘲笑と騒音にしか聞こえなかった。

このような苦しみを経験したことがあった。かつて子供の時に、故郷の常陸の海で猟師の子らとの喧嘩に負けて、自身で小船を漕いで逃げ帰った時のことを思い出していた。その思い出が記憶の中から甦り、大人になった現状と対比し、強く気合を入れ直した。あの子供時代の自分を顧みて、今の己の意気地なさを叱りながら、手探りで木の根や岩を掴み、足を引きずるようにして歩いていた。

真っ暗な山中を、這いずり回るようにして草木に掴まり進む手足は、摺り傷と泥にまみれていた。顕わに地を這う木の根や横たわる岩石に掴まりながらの登山で、手足の各所には血が滲んでいた。当然、履いた草履は既に摺り切れて、足に紐が着いているだけで、裸足に近い状態であった。

やっと羽衛門の離れた所からの声掛けに助けられ、彷徨いながらも山中を出て、どうにか農道に出た。道場の門前に帰り着いた時には二時（四時間）以上経過していた。時間は子の刻（深夜零時頃）になっていた。暫く休んでいると、案内の鈴木羽衛門は、

「今日はこれで終わりとします。明日からはお一人でどうぞ」

と言い残すなり、さっさと普段の足取りと変わらぬ歩調で、道場の中の自分の部屋に帰っていった。

新左衛門としては、その後ろ姿に「ありがとうございます」と言うのがやっとで、門脇に座り込んで暫く休んでいたが、門の柱に寄り掛かるようにして立ち上がった。暫し息を整え歩き出そうとしたが足が前に出ない。そのまま再度その場に座り込み、足を延ばし斃れるように横になって休んでいた。四半時ほど経って、呼吸を整えながら静かに道場の門を出た。

裸足のままで体中傷だらけ、腰下は泥にまみれていた。旅籠屋の裏口に回り、井戸端で足を洗い無言のまま中に入って行った。見る影もない姿で自分の部屋に帰り着いたが、間もなく夜明けを迎える時刻であった。

宿は、誰も起きている者はなく、廊下の中ほどに行灯が一つだけ灯っていた。

翌日からは一人で同じ山に向かった。昨夜の山歩きで着ていた物は泥だらけ、乾いてはいたので外に出して篠で叩いて泥を落とし着ていた。足は痛いし重い、本当のところは休みたかった。身体中が痺れた感じで、足腰も痛くて堪らなかった。何回も今日は休もうと思ったが、それでも新左衛門にも多少の意地があった。あの羽衛門が陰で笑っているかと思えば、意地でも休めない新左衛門であった。

今日は昨日の反省から草鞋も吟味して良い物を探し、予備も腰に下げていた。昨日歩いた山の登り口まで来て、足を止めて暫し考えていた。今日も真の闇、昨日歩いたばかりの道なのに、実際に何処が上り口で、どのように歩いたのか記憶はほとんどなかった。意を決しここぞと思える所で登り始めた。

道は間違ってはいなかった。半時ほどは何とか前夜通った道なりに歩いていたが、その後の道が分からなくなった。昨日通ったばかりなのに、通ったはずの道が見つからず、向かうべき方向すら分からなくなっていた。深い闇夜の林の中、昨晩通ったのはこの辺だったかと自信のない見極めをつけて歩を進めていた。

山に入ってから後ろを振り返ると、遠い畑の中に農家のほのかな灯火が見える。それが己が向かうべき方向を示すただ一つの指標であった。その先の道を頭に思い描きながら、真っ暗な山道を散々苦労しながら這うようにして進んでいた。途中で大きく道に迷ったのと、滑って足を挫いたのが原因で、今日の山歩きには四時半（九時間）以上かかっていた。体は疲れ果てて息も絶え絶えであった。まだ山から抜け出ぬ内なのに既に東の空に朝陽が昇り始めていた。山から出て農道を通りどうにか道場に帰り着いていたが、誰も迎えに出る者はいなかった。

翌々日は、痛くて動くこともできず、闇夜の山歩きは身体中が拒否していた。真実休みたかったが、指示した鈴木羽衛門の笑っている顔が大きく目に浮かんでくる。新左衛門は己に厳しく気合を入れながら山に向かった。彼の胸の内にあるのは意地だけだった。それでのみ体を動かせている感じであった。

今夜は初めての晴天で細い三日月が空から付き合ってくれていた。

夜のことは木の葉の色付きは分からないが、秋の季節は近い。木陰からは三日月の細い光が射し、立ち木や岩石らしきものの存在が幾分かは分かる。今日の新左衛門は、通る山道を目で見るというよりは気配と嗅覚により気を巡らせていた。前日通った山道は、発生する辺りの臭気を嗅いで己の通るべき道の所在が分かることを知った。

今日は無駄歩きが少なくなり、その行動は速くなっていた。二時を少し過ぎた程度で道場に帰り着いた。細い月明かりもあってだが、今までの苦しみの成果が見えてきたようだった。新左衛門としても何か気分が軽くなるのを感じ、足腰も軽くなっていた。

四日目は雨降りだった。途中で蓑を買い求め身に着けた。山道は雨で滑るし初夜の暗夜に戻っていた。しかし長時間立ち止まることもなく、二時を切った時間で帰っていた。暗闇の中でも臭いや空気の流れを肌で感じていた。五感は今までになく研ぎ澄まされた感じであった。

五日目、六日目と、闇の中で自然界の放つ〝気〟を身で感じ取り動けるようになっていた。十日目には同じ道を小走りに歩き、遂に半時で往復できた。闇を見通す感覚がいつの間にか身についたようだった。

山道の登攀も最初の頃より苦にならなくなっていた。羽衛門による指示は不可能と思われ不満もあったが、成し遂げてみて苦労の甲斐があったなと思うようになっていた。次の日の夕方、そのことを鈴木羽衛門に話すと、彼は笑顔を見せながら言った。

「今日までよくできましたね。私は三日と続かないと思っていました。普通の人なら一日で出てきやしませんよ。これを成し遂げた人は、私が覚えている限りでは貴方で二人目です。良い修練になったし、大切なものを手にしたと思いませんか」

何となく、今までにない得難きものを得た心地であった。感激に似た思いが湧き、羽衛門に対し深い親しみを感じていた。

「今日からは、道場で木太刀の基本を手解きしようと思っていました。今日までの山歩きにより、闇夜で目の感覚を養って視覚を、そして聴覚も優れてきているものと思います。人間の五感は元々他の自然界の動物達と同じでした。当初は動物のように視覚と聴覚、嗅覚、感覚等には同じように優れたものを持っていました。但し人間は、他の動物のように我が身を守る武器に繋がるものは持っていなかった。そのために他の動物にない道具を使うことや、灯火を手にすることを知りました。それらの利用が自然界の気配を察知する感覚を衰えさせていたのかも知れません。人間は頭脳機能には優れたものを持っていたので、その思考力により全てのものに対処して身を守ってきました。そしてその思考力で更なる発達を続け己の生きる道を切り拓いてきました。

ところが余り必要としなくなった嗅覚とか気配を察知する感覚に関しては、野生の動物に比べ大きく退化してきています。同じ動物ですから人間にもあってしかるべきものでしたが、視・聴・嗅・味・触の五感の中でも、視・聴覚に頼り他の感覚は自然に退化し衰えてきました。私達はいつの間にか、その他自然に具わった感覚を重要視しなかったのです。生き物の体は必要としなくなればその部分は退化します。そのために、忍びの術をもって生きる者は退化した五感を取り戻そうと、一般の人には信じられないような苦労をしているのです」

新左衛門は話を聞いて、人間に勝る動物はいないと思っていたが、確かに人間は動物的本能を鈍磨化させ、自然に具わった感覚を退化させてきたのだなと思った。羽衛門の話は続いていた。

「新左衛門殿も自然の中で得た〝気配〟という感覚、嗅覚をある程度取り戻していることでしょう。大切な自然の中で〝気〟の感覚を身につけられたと思います。このことが忍法には必要なのです。あとは小太刀の扱いです。新左衛門殿に剣の扱いを指導する必要はないと思いますが、小太刀の立ち合いには間を置くことです。太刀や槍との比較で有利な点といえば、小太刀は手軽ゆえ片手で扱え、身体の動きに速さが増します。事を決するには、太刀を持たない片方の手がよく使えます。自分と相手との距離で小太刀を扱うのが有利な点は、小太刀は短くて扱いは軽く、相手の懐に入れれば手先のように相手を制することができる。しかし、相手の身体に身を寄せる時の一瞬の間に大きな危険が伴います。小太刀の立ち合いには、安全な距離を必要とします。

忍者はその間隔を生かして他の飛び道具や弓矢や手裏剣、焔硝火薬等を使って相手の気を散らし相手に隙を作らせ、一気に身を接してその目的を達成します。目に頼らなくても、武器が手早く有利に動ける間隔が大切です。離れている時は長大な武器との対決には不利な戦いとなり得ますが、身近にあって勝負を決する時は時間をかけないことが大切だと思います。多くの忍者は立ち合いに入る前に、手裏剣や火薬、飛び道具で相手の動きを止め、ゆっくりと仕留める。暗闇での飛翔物は目で確認して避けるのは難しい。目に頼らない〝気〟を養うことが大切です」

と言った瞬間、羽衛門の居合抜の脇差が走った。新左衛門は一瞬にして身を引いた。全身から血の気の失せる感覚であった。羽衛門はその姿を見つめながら言った。

「貴方様の技量なら私が教えるところは何もありません。よかったら道場の若者達相手に立ち合われながら、小太刀の扱いを身につけられればよいかと思います。あとは、道場主の柏村大先生に話しておきますので、ご指導を受けられるのがよいと思います」

この話は、羽衛門の口頭による小太刀の指導であった。

ここに来て初めて新左衛門は自覚する。闇夜の山登りこそ忍法の基本に通じる暗夜の気配の習得は、動物的感覚を得るものであり、忍者の扱う小太刀の技の基礎修練であった。小太刀の扱いはその中の一つの技にすぎないのであって、しかも身軽な剣の扱いになるということを口伝されたのだった。

その後、道場に入り門弟達に頼んで受身だけの練習に入った。新左衛門からは打ち込まないことは分かっている。相手としては打たれる心配はないので思い切り良く打ち込んでくる。その打ち込みに小太刀を持って弾くだけの訓練である。普通の力量の門弟でも木刀を振り込むのは剣の基本訓練であり、ただ打つだけの打ち込みであるから素早くて力強い。激しい攻撃であったが新左衛門は身に受けることなく全てを弾いていた。

道場に通い始めて二十日ほど経っていた。

新左衛門は柏村道場主に呼ばれた。

「信太殿、我が道場では貴方様にこれ以上は教えるものは何もありません。貴方の技量は、あの山登りで全てのものを身につけられました。私が直接指導をしておりませんので貴方にはご不満があるかも知れませんが、貴方は今、私以上の技能を持っておられます。立ち合っての指導も必要ないことは私の目でも分かります。太刀を持って貴方の剣に勝る者はこの辺りには見当たらない。今更示現流の極意も必要ないものと見ました。信太様にはいつか新しい流派をお開きになることをお勧めします。きっと剣の道を究め、新しい剣法を拓いてください」

と諭されていた。帰り際には、この道場での修行の証となる示現流の目録を手渡された。

信太新左衛門は翌日には、伊賀の上野城下を離れ柳生の里に向かった。本来なら、奈良に通じる木津川沿いの街道を行くのだが、最短距離の険しい山道を選んだ。当時も山の中に国境などあってなきようなもの、何かの印があるわけでもない。杉や檜を交えた雑木林は深く、小笹が覆う山肌に道などはないに等しい。しかし新左衛門にとって、十日ほど前の暗夜の山歩きで体が自然と馴染んでいたのか、その山道も大変な行程とは思わなかった。

その人の通る道とは思えない急勾配の山道に歩みを進める。人の通る道と言うよりは鹿や熊などが行き交う獣道を人間が利用している感じである。その人一人しか通れない細い山道を歩いていた時である。山の中腹に林立する樹木の上方より、忍び寄るような殺気を感じた。新左衛門は自然と緊張していた。直感的に浮かぶのは、宿の風呂場で襲撃してきた忍者の一味と思われる者のことである。一人ではない、複数の忍びの者の気配が感じられる。

ここは伊賀の国境、近江国と山城国が接する辺りと思われるが、新左衛門は深く知る由もない。柳生の里も近いと思われるこの辺り、人の手の加わることのない自然林に杉の木立が混じる山中に入った時だった。新左衛門にとっては初めての地であり、土地勘があるわけでもない。今夜は山中での野宿になるだろうと思いながら、木樵が使う山小屋でもないかと探している時でもあった。夕暮れも間近で雲行きも怪しく、幾分肌に寒さを感じるのは雨の降る気配か。

だができれば今日中に山越えをして、山城の人里に辿り着きたいと道を急いでいたが、迂闊にも雨具の用意はしていなかった。雨の降り出さない内に、体が濡れない程度の雨よけの場所はないかと探していた時であった。

その時、新左衛門は身近に人が忍び寄る気配を感じ取ったのだ。大自然の山中ではあり得ない、異様な臭いも含め、微かな空気の流れを感じていた。それは人間の体臭だった。綺麗な山中の空気の中で感じ得た、他の人間の臭いを初めて知った。辺りには何も見えないがその臭いは段々濃くなる。見えない影に何かあると全身に気を巡らせていた。原生林に近い山中には杉林の中に太い広葉樹が散在し、その繁みは濃い。足元の下草の繁みにより細い山道は時々見落とす恐れがあった。

突然「しゅっ」という矢音がし半弓の矢が身に迫った。はっと思った瞬間、無意識に身を反らしていた。矢は新左衛門の肩先を掠り五間ほど先の地面に突き刺さった。掠めた矢傷から血が流れ出てきたが、瞬間に道脇近くの木の陰に身を隠した。飛んできた方向に目を向けると、二十間ほど離れた木の上から飛び降りる者がいた。と同時に、三人の濃い藍色の衣服に身と顔を包んだ男と思われる者達が、半弓を手に持つ者を中心に新左衛門の周りを取り巻いた。

新左衛門は咄嗟に身構えた。弓矢の攻撃に備えて脇差を引き抜くと、迎撃の体勢を取った。今一番に注意しなければならない相手はやはり半弓を持った男。身近に迫って更に矢を番えて少しずつ迫ってくる。当然他の三人も脇差を手に囲いを詰めて迫り来る。半弓の男は十間ほど手前に迫ってきた。新左衛門が、

「何奴、俺を襲うのは何のためだ。俺は信太新左衛門、東国常陸の者、恨みを買うような者ではない。襲う理由を申せ」

相手はその名乗りを聞いて少し驚いた様子。彼らは新左衛門をお庭番とも言われる間者と思い暗殺しようと狙っていたのだ。この男は狙うべき人物ではない。人違いであったが、それでも今更人違いとは言えない。間違いと分かったが、一度襲ったからには中途半端には止められない。この場の始末はつけねばならない。

お互い短い距離を置いて、矢を持つ者は一射で相手の動きを止めようと、傾斜のある山道の上手から狙っていた。新左衛門は息を止めて迫り来る危機に対処、全神経をその者の手元に集中していた。

その瞬間、矢が放たれた。それを小太刀で目前に叩き落した。同時に新左衛門は矢を放った男に向かって走った。弓を持っていた男が弓を捨てて脇差を抜き、急斜面の上方から新左衛門の身の上を飛翔するように跳躍し振り込んできた。その姿を目にした新左衛門は身を沈め、手にした脇差で頭上の相手を捉えた。男の股間に鮮血が迸り、着地できず急斜面を落ちていった。股間から腹部を深く切り裂かれ落ちてゆく様は、脇差の先の手応えからしても致命的一太刀と見た。落ちていった男はその場で全身を痙攣させながら呻いていた。新左衛門は小太刀を捨て野太刀に替えていた。その太刀を持ち直しながら次の敵に備えた。

残った三人の男が一斉に斬りかかってきた。敏捷なその男達の動きに、新左衛門も自ら向かっていった。地上にあっては、鍛えられた忍者とて新左衛門の野太刀に勝るわけはない。左側から寄ってきた男の脇差を払うと、そのまま身体を押し込み野太刀が返る。その男の左脇下から血飛沫が上がり、そのまま体を押し倒していた。更に右側にいた男の振ってくる刃を潜るようにしてかわし、その返しの刃を脇差を握った手元に送っていた。一度に二人の男が反り返るように倒れていた。それを見て、残った男は素早く後退するとその場から後ろも見ずに飛ぶように逃げ出した。

逃げた男にしてみれば、一人で争って勝てる相手ではないと見た。また、この事実を仲間の者達に知らせねばならない。そのためには今戦って自分が死ぬわけにはいかない。ここで相手の技量を十分に分かっていながら自分が斬られては忍びの者としての役目を果たせない。今戦うのは自殺行為であり、無謀な行為は仲間からも笑われるだろう。残った男は後ろを振り返ることもなく山を下っていた。

新左衛門は野太刀の血糊を丁寧に拭き取り、鞘を拾い上げて腰に戻した。斬った二人の男は早く手当てをすれば死ぬことはないと思ったが、元のような姿で再起はできないと見た。もう一人、最初に斬った男は生きられないだろう。下腹部の一刀には手応えがあり、致命的重傷を負わせていた。

この場の後始末は逃げた男が何とかするだろうと、その場を後にして柳生の里に向かって歩き出した。一丁ほど離れてから振り返ってみると、思ったように逃げた男が戻ってきていた。

逃げた男は新左衛門の立ち去るのを確認すると戻ってきて、三人の斬られた男の手当てをしている。最初に斬られた半弓を持った男の動きはない。その姿に感じられるのは死であったが、別の二人は腰部を深く斬られた者と、右腕を切り落とさねばならない深手だが、命に関わりはないと見ていた。戻ってきた仲間は手早く手当てを施し、腰を斬られた重傷の男を背負い、三人は近くにあるらしい忍び小屋に向かっていくらしい。去り際に相手の男は多少意識が残っていたらしく、死の間際に仲間に詫びていた。

「俺の読み違いかも知れない。あいつはただの武芸者かも知れない。お前達には済まないことをした。俺の失策を許してくれ」

と謝り、身体を伏せていたが静かに事切れていた。

やっと、新左衛門が幕府隠密であるとの疑いが晴れたようだった。

猫と老武士

深い山から出ると、二十軒ほどの集落があった。柳生の里に入った新左衛門である。それなりに立派な茅葺の家が散在している。その佇まいはこの里の豊かさを表しているようだ。竈から立ち昇る青い煙からはその家の生活が窺える。

山中で忍者に襲われ道に迷ったこともあって、早くも日も暮れかけていた。今宵はこの里で一夜、体に溜まった疲れを癒やしたいと思っていた。秋蕎麦の上の方の実が黒く色付き始めている。収穫の日も近いのだろう。その畑の中の農道を通り、道端に建つ一軒の農家の前に立った。一夜の宿を頼むつもりだった。竈の焚き木から出ているのだろう。青白い煙が軒を伝って流れ出ている。家の中に人がいるのは間違いない。玄関口に立って訪問の声掛けをした。飼い犬が激しく吠え立てる中、二度ほどの呼びかけに返事はなかった。

「旅の者です、一晩軒先をお借り致したく伺いました。一夜だけ、朝には退去しますのでお世話になりたいのですが、お願い致します」

顔の見えない家の中の人に声をかけたが返事はなかった。人のいる気配はするのだが、暫く返事を待っても人の出てくる気配はなかった。

この家は駄目か。何処の誰かも分からぬ者を泊めたくないというのは当然のことだろう。余所者など誰も泊めたがらないものだ。余計な神経を使って何かと世話をしなければならないのだ。特に女の人から見れば世話をするのは自分だ、できる限り面倒なことは避けたかろう。

諦めて半丁ほど離れた別の農家を訪れたが、同じように相手にして貰えなかった。今夜は夜露を凌ぐ所はなさそうだ。昨日は進むべき方向を間違い山中で日暮れを迎え、木の上で小雨を凌ぎながら休んだが、当然眠れなかった。今宵も野宿しかないのか。それにしても空は雨模様、雨の中で二日も野宿するのは耐えられない。それとも黙って農家の納屋の藁の中にでも潜り込んで一夜を過ごす手もあるかと考えたが、何処の家でも犬を飼っていて簡単に潜り込むことができない。次の家も案の定、屋敷前で途方に暮れている新左衛門に向かって、その家の飼い犬が頭を低く下げ唸り声を上げる。後ろに下がれば犬は離れずに間を置いて寄ってくる。それを見て納屋に潜り込むのは諦めねばならなかった。

諦めて屋敷の外へ出てまた歩き出した。すると、三十間も離れない隣に小さな小屋が建っていた。よく見ると小屋ではなく人の住む家だった。他に納屋などもなく人が長く生活するのには小さすぎるようだ。このような家に住む人は、何か好まれぬ因縁を持っているとか、変わり者が多いが、と暫く立ち止まって新左衛門は考えていた。

既に辺りは暗くなってきて、月でも昇らないと道や自分のいる場所の見当もつかなくなる。今時分の季節なら雨さえ凌げれば野宿するのもそれほど苦にはならないが、腹が減って我慢できなくなっていた。その空きっ腹のところに食べ物の匂いがしてきて食欲を刺激する。新左衛門の鼻は、目の前の小さなぼろ家から漂ってくる鍋物の匂いを捉えていた。

本人の気持ちは迷いの中にはあったが腹の虫が収まらない。いつしか無意識のままその旧い小さな家の軒下に立ち、声をかけていた。この度は返事があった。

「誰だ、用事があるなら入って来い。戸はいつでも開いている」

その言葉を聞き、恐れながら声をかけた。

「御免、旅の者です。一夜のお世話になりたいのですが、お願いします」

「外にいては誰なのか分からない、顔を見せろ。人を泊めるなど世話の焼けることだ、人相を見てから決める」

言われ静かに戸を開けようとしたが、旧い板戸で立て付けが悪く素直に開かない。何回か動かしてどうにか戸を開け中に入って行った。

「初めてお目にかかります。突然に失礼致します」

一歩中に入ると、入った八畳ほどの土間からはすぐに囲炉裏があり、その左の方に部屋が一つある。家の主は囲炉裏の自在鉤に掛かった鍋の中へ、何やら食材を入れながら食事の用意をしているらしかった。こちらをさっと見てから、新左衛門の泥にまみれたその姿に多少驚いた様子であったが、静かな声で言った。

「話を聞こう。暗くなってから来る見知らぬ客は、大方碌な者ではない。その証拠に血の臭いがする。今夜泊めて貰いたいということなのであろう」

　先に用件を言われてしまった。見るともなしに見てしまえば、このようなあばら家は何処にでもあるが、そこに住む者の姿から察するに、何処にでもいるような者との違いが感じられた。老いてはいるが身のこなしは武芸者のそれである。新左衛門は威儀を正して、

「拙者、常陸国は信太の庄から参りました信太新左衛門勝長と申す者。お言葉の如く一晩休ませて頂きたくお願いに参りました。如何なものでしょうか」

「見た通りの所で良ければ、勝手にするがよい。それよりも、その方大分腹が減っておるのではないか。贅沢を言わなければ馳走するが、食べるか」

　新左衛門は考える間もなく、「頂きます」と言っていた。相手は老人だが何処となくただの人物とは思えない。手先の動きや身のこなしには、武術を積んだ者の精悍さが伝わってくる。老人の動きは普通の立ち居振る舞いだが、気の許せないものを感じていた。しかし、飾り気のない気さくな言葉に悪気は感じられない。また恥ずかしいことだが、食べ物の話に己の腹が「ぐー」と応えていた。

「まあ、ここに座れ。まだ若いようだが剣の修行か。ここは柳生の里に近い、余所者は注意が必要だ。できる限りこの地に長居は無用。ここで剣の道を求めても柳生の新陰流はここでは学べない。幕臣で、柳生と特別の関係でもあれば別だがな」

新左衛門は目の前の人物に関心を寄せていた。この人物は何者か。ただの農民でないことは分かったが、今の話だと柳生一族とは関係のない者と見て間違いはないか。

「御当主、お名前を伺っても宜しいですか」

叱られそうな気もしたが、尋ねた。

「新左衛門殿と申したな、我の名などは忘れてしまった。知ったところで何の役にも立たないが、あえて申せば、猫、ここの周りの者達は俺のことを猫爺と呼んでいる。それで良いだろう」

新左衛門は少し困ってしまった。

「猫爺さんで宜しいのか。何か呼びにくいので、是非お名前を」

「この辺りの者は、影では俺のことを猫爺と呼んでいるのだ。それで通じるのだから大丈夫」

言われてみれば分かる気もする。家の中には猫が三匹ほどいたが、まだいるらしい。猫爺の名は自分で付けたのではなく周りの人が付けた名かも知れない。

「猫は何匹いるのか、大分いるようですな」

「気になるか。そなたの言う通り何匹いるか分からないが五匹、いや七匹ぐらいはいるかも知れない。何匹いたって別に構わん。猫は自分で餌は捕るしそれほど悪いことはしない。冬は湯たんぽ代わりになる。また確りと俺のことを立てて従うし、可愛いものだ。そして俺の名も付けてくれたようなもの。何も言うことはない、下手な人間より信頼はできる。はっ、はっ、はぁ」

言われてみればその通り、今まで犬は飼うものと思っていたが、猫は餌はやらなくてもいいし、一番厄介な鼠を取ってくれるので、何処でも飼うべきものと改めて知る思いだった。

「猫爺様、本当のお名前は聞いても教えてくれないようですから、あとは聞きません。でも、お仕事ぐらいは教えてください」

「余計なことは聞くな、何の得にもならない。それより旨いご馳走ができたようだ、今日は狸汁と言いたいところだが、猿だ。猿は痩せていて食べるところは少ないが、意外と珍味。身体が温まり病気もしないし、若い者でも体が引き締まる。少し固いのでよく噛んで食べよ。お代わりは何杯でも良い。今日は面倒なので一匹分そっくり煮てしもうた。まだ少し固いが旨いぞ、何杯でも食べなされ」

強く勧められたが、新左衛門は実際に猿を食べるのは初めてだ。恐る恐る口に運んだ。

「爺さん旨いよ。肉の部分は少ないけれど、渋みがあり、深い味わいがある。旨い」

と言ってはみたが、真実旨いかどうかなど関係なかった。実際は、腹が減っていたので何でも食べられた。暫くはともに煮込まれた芋など野菜類から口に入れていたが、慣れてくると本当に旨かった。黙々と食事をし、食べ終わると新左衛門は立ち上がり、食べ終わった食器の片付けを始めた。それを見て、

「客人にそのようなことまでやって貰っては申し訳ない」

と口では言うが、その態度は少しも悪いなどとは思っていない様子。片付けが終わるのを見て老人も立ち上がり、「それでは明日の飯の用意をするか」と、近くにあった米俵から適当に米を掻き出して研ぎ始めた。終わると囲炉裏に薪を足しながら、

「ところで、明日は何処に行く。その顔を見ると柳生道場か。東国では柳生の新陰流といえば、剣を志す多くの者は憧れる。今は徳川の天下にあって、新陰流といえば耳に快いが、柳生屋敷には近寄らない方がよい。何があるか分からん。あそこは剣の道を究める屋敷ではない。道場のある屋敷は大きく、小さな城以上の特殊な機能を持っている。あの辺りでは武芸者が何人も死んでいる。あそこにある新陰流道場は単なる剣の道場ではなく、意に添わぬ者の処刑場に等しい。あの道場を詳しく見て生きて帰った者はこの辺りにはいない。それゆえあの屋敷の中のことを知っている者は少ない。下手な探究心は死を招くことになるので、注意しておく」

言われて新左衛門は首を傾げていた。この猫爺、俺が何も聞かないのに、俺のことを見透かしている様子だ。一体この爺さんは何者か。

「分かりました。一度は柳生の道場を拝見したいと思って来ました。何故、それほどまでに柳生道場の屋敷周りは厳しい監視態勢ができているのですか。剣の道場なのに中を覗かれては困るということは、中に何かあるのですか」

それを聞き、暫し新左衛門を見つめていた猫爺。

「それをお前に話すのは、わしの命が縮まる可能性がある。お前はまだ若いが悪者ではない。また、お前の目は信じられる者と見たが、どうだ、事実お前を信じてよいか」

暫し時間を置いてから、

「お前を信じよう。あの柳生道場で教えている技は、今は剣の新陰流ではない。その流れには含まれるが、忍びの技、忍法だ。この地は甲賀、伊賀といった忍法で生きる者の土地と隣り合っている。幕府のお庭番は柳生と服部半蔵によって仕切られている。忍者が絶対的な信頼を得るにはそれなりの教育がいる。忠誠心も技能も自分の所で育てた者は信頼できる。ここはその者達の育成所だ。現実はそのための、陰に隠れた柳生の裏道場だ。柳生新陰流の剣だけの研鑽道場は、江戸の道場ばかりでなく全国に散在している。真の剣技は他の新陰流道場で修行ができる。柳生の里の新陰流は別物だ。いわゆる剣の道を離れた忍の道場だと思え。だから一般の者は近寄ることもできないし、入門も簡単にはできないというのがその理由だ。このことは他の場所では決して口にするなよ。お前だけではない、主筋や身内にも害が及ぶ。今わしは、そなたに気軽に話しているようだが、わしもそう長くはない命、この地にあって重大な真実を胸の中に押し込んだまま死を迎えるのは心苦しい思いだった。ここでお前さんに話ができたことで、幾分気が晴れた」

新左衛門としては驚きの話だった。更に膝を前に出すようにして爺様の顔を見る。猫爺は笑顔で話を続けた。

「誰かに、わしの掴んでいるこの事実をそっと伝えておきたいと思っていたのだ。だがこのようなぼろ小屋に誰が来る。また現実に話を聞いても、この真実を胸の内に収めておける人物などいるとは思えない。わしの話を聞いて真実を知る者の命にも関わることになる。誰でも良いとは思わない。お前さんは剣の流れも、生い立ちも柳生とは縁がない余所者だ。また、自分の命を守るだけの剣の腕も持っている者と見た。剣の技を持って生き長らえる者とわしは信じた。そなたのような若い人間が、今後、このわしの前に現れるとも思えない。それで話すことにしたのだ」

若い新左衛門にはこのような裏話は初めて聞く。真の剣の道を究めることの難しさを悟っていた。改めて座り直した。

「今聞いた話は誓って他言することはありません。己の胸の内に収めておきます。私は誓って真の剣の道に生きる心算です。御爺様の心に沿って生きることを誓います。信じてください」

と言いながら、心の中でも真実を守り通すと誓っていた。それでも柳生道場に行くことを諦めたわけではなかった。

柳生の庄

信太新左衛門は、翌日の夕方には国境が何処にあるかも知らぬまま、獣道のような狭い山道を歩いていた。風雨に晒され顕わになった木の根が這い回る細道である。その根に掴まりながら、傾斜の厳しい山道を進んでいた。この山を越えれば柳生の里が近いことも気付かぬままであった。そこは既に柳生の領地だ。このまま西に向かって歩いて行けば、二日もかからないで京の都に着く距離だ。

猫爺からの厳しい注意もあったが、ここまで来て、夢にまで見た柳生の道場を見ることなくこの地を去るのは惜しい気がしていた。上州の道場を旅立つ時、柳生道場での剣の修行は目標の一つであった。ここまで来ていながら目的を達することなく通り過ぎるのは残念であった。一目だけで良いのだ。柳生の屋敷を遠方から見るだけなら問題はないだろう、との考えは浅はかだった。ここぞと思える深い山里の道筋を尋ね歩きながら、柳生の庄にある屋敷に向かっていた。

険しかった山を下ると大きく里山が開け、波打つ草原の隆起の多い地形は、大昔から雑木に覆われた原野のままである。その深い原野を抜けた所は、立ち木の少ない中に野草が雑然と繁っていた。爪先を立てて草藪の上から彼方を見れば、開けた山野が自然な広がりを見せていた。

遥か彼方には幾重にも波打つ緑の稜線が見渡せる。その中に現れた農道は美しい山並を縫うように彼方へと展開していた。神代から続く自然のままの景観は、限りない大自然の美しさを見せている。一望に見える波打つ草原や山並が、果たして原っぱなのか山なのか寸時判断に迷うところだった。

檜や杉の木が疎らに立つ原野の中に、薄の大きな根株に蔓草が絡み合う。細く穂を伸ばし始めた薄の株が数限りなく群生し今を盛りと伸びる様は、何と表現してよいか言葉に表せない。伝説に聞く、旧き日の九尾の狐の物語に登場する狐の姿が浮かんでくる。目の前に狐や狸が現れても不思議はない。

その藪原の中に、自然そのままの地形に合わせるように、上下左右に緩いうねりを見せて農道が伸びている。今の季節の草原は野草の伸び盛りで、雑草が視野を遮り道からの見通しは悪いが、道幅三間ほどの道路は綺麗に整備され気持ちが良い。

新左衛門は農道でこの地に住む農家の者と思われる年配の女と擦れ違った際に、柳生屋敷の所在と道程を聞いた。場所はすぐに分かったが、道を教えた女は急ぐように自分の傍を離れていった。話しているところを人に見られたくない感じだった。半丁ほど離れてから女はこちらを振り返り冴えない顔を見せた。

新左衛門はその女の動きに、静かな草原の雰囲気とは相容れない不自然さをそれとなく感じていた。注意しながら、教えられた方に向かおうと足を踏み出した。それから一丁と行かぬ内に、前方からさっぱりとした着流しの牢人風体の男が近づいてきた。腰には二本の刀を帯びている。精悍そうな物腰はそれなりのゆとりを持った武士と見た。道幅三間程度の農道で擦れ違った。お互い相手の素性は知らない。

擦れ違う瞬間、相手が侍なら抜き打ちに注意が必要である。新左衛門は道の左側に寄るように歩いていくと、相手は道の中央を右寄りに歩いてくる。このまま擦れ違えば、二人の間隔は抜き打ちには充分な距離。万一抜き打ちで襲われれば新左衛門に逃げ場がない。それとなく足を止めていた。必然的に左手が脇差に触れていた。相手は足を緩めずに近づいている。新左衛門は目立たぬように身構える。瞬間的に緊張が走ったが二人はそのまま擦れ違った。相手は二十代の後半でまだ若い。揺るぎない気迫を見せてそのまま通り過ぎたが、通り過ぎる瞬間の動きから充分な殺気を感じ取った。

相手の男は十間ほど通り過ぎてから足を止めた。振り返って新左衛門を見ている。只者ではない。新左衛門が黙って見返しながら足を一歩踏み出すと、

「その者待て、何処へ行く。そこから先、特に用のない者はこの道は通らぬ方がよい。余りよいことはない。我はこの里に何事もないように余所者の出入を見張り注意するのが仕事だ。この先は行ってはならないと伝えておくが、分かったな。ここから北に向かって山中を歩いていけば間もなく木津川に出る。その川縁を下れば都に通じてい

る。この辺りをうろつくのは貴殿にいらざる危険が伴うから避けた方がよい。さっさと山を越えて川縁を西に向かえば道は良い、都はすぐだ。この辺りでうろつき回るのは御身にとって碌なことはない。さっさと立ち去られるのが御身のためだ」

新左衛門は猫爺の言ったことが理解できた。だがこれほど厳重に屋敷の秘密を守らねばならぬのは、新左衛門にはよく理解できなかった。

話の様子からすると、柳生屋敷はお庭番と言われる隠密組織の機密維持、他に知られたくない秘密の機関であり、門戸を閉ざしているのは極秘の養成所のようなものがあると思われる。我らには分からぬ事柄であり、通常ではない里であることは分かった。これから猫爺の注意を無視して柳生屋敷に近づくのは、正に命懸けになると悟った。

しかし、今日も既に陽は暮れ始めている。今日の山歩きと昨日の忍者達との戦いで草臥れていた。まともな宿に泊まってゆっくりと体を休ませたいと思っていた。この辺りには旅人の宿があるのか分からない新左衛門。振り返ると二十間ほど先で、先程の着流しの男が未だ去ることなく俺の動きを見張り、さっきのままの姿で立っている。新左衛門は何を思ったか、その男のもとに引き返していった。男の前まで行くと、相手は目立たぬ動きながらそれとなく身構えた。新左衛門は相手の抜き打ちに注意しながら、頭を軽く下げた。

「先程は御忠告を頂きありがとうございます。親切ついでに一つ教えて貰いたいことがあるのだが、宜しいかな」

男は行きかけて戻ってきた新左衛門に対し、左手で刀の鯉口を静かに切りながら、

「貴様何奴だ、馴れ馴れしい口の聞きよう。若造とはいえ無礼は許さんぞ」

挑戦的な物言いである。新左衛門は五間ほど間隔を空けて立ち止まり、

「私は常陸国、信太の里の者。この地については何も分からない。それより今夜の宿を探している。今、この場で擦れ違ったのも何かの縁、一つ今夜の宿を教えてはくれまいか」

と聞いていた。相手の男も不審な者と神経を尖らせていたのに、如何にも凡人的な質問に呆れたような顔をした。

「何、宿屋を教えてくれというのか」

相手が気を緩めたのは感じ取れた。

「大変不躾な話で申し訳ないが、その通り、お願い致す」

言いながらその場の緊張を解いていた。それは相手も悟っていた。張り詰めた体勢を緩めた。

「この辺で宿屋はないか、あったら教えてくれということか。そうか、今ここの道を来る時、左に曲がる道があったのを覚えているか。その道を二丁ほど行くと農家が何

軒かある。その二軒目の農家で俺のことを話せ、俺は由里と申す。由里から聞いたと言えば泊めてくれる。そこへ行くが良い。泊めるぐらいは何とかしてくれる。今夜泊めて貰ったら明日は早くこの地を発て、分かったな」

言葉はぶっきらぼうだが親切に教えてくれた。新左衛門は丁寧に礼を言った。そして由里と言った男の脇を通りその場を離れた。来た道を戻り、教えられた角を曲がった。

教えられた農家へ行き、由里殿から聞いてきたと言うと、その農家の女は何の疑いもなく、

「あら、由里官次郎様のお知り合い、どうぞお入りください。ここは柏屋という屋号の農家ですが、この里には宿屋がないので、私達農家の者がお困りのお客さんのため、泊まるのと簡単な食事を出しています。満足な接待はできませんが、良ければ気楽にお過ごしください」

と受け入れてくれた。あの怖いような侍の由里殿は内心は良い人なのかも知れないと思いつつ、示された座敷に上がり腰を下ろし落ち着いた。それから半時ほど横になり居眠りをしていた。間もなく夕飯ですよと言われ、囲炉裏端に据えられた箱膳の前に着座した。まだ初秋、暑さの余韻が残る季節である。囲炉裏の火はいらないが、そこには汁物の鍋が掛かっていた。とろとろと燃える火には優しさがある。

それを暫く見ていると、先程の女が「火の傍が暑かったら避けてください」と言われたが、燃える火の明かりは信太の里の母の顔を思い出させる。子供の頃から母の懐のように、いつも身近に寄り添っていたのは囲炉裏の焚火だった。囲炉裏の優しい暖かい火や、夜の帳を陽炎が舞うように照らす灯火の明かりで気が落ち着く。近くの川辺で捕れたのだろう、岩魚を焼く煙とその匂いの中に、母に似た親しみを感じる。箸を手にして暫し火を眺めながら望郷にふけっていた。新左衛門の箸の動きがいつの間にか止まっているのに、この屋の女が不審を感じたのだろう。

「お客様、何か食べ物にお嫌いなものがありましたか」と聞いた。新左衛門は慌てて、「いや、何もありません。大変美味しく頂いています。今、この焚き火を見ていて、かつての我が家の懐かしい光景を思い出し、一時呆然としていました。失礼しました」と言いながら箸を動かし始めていた。

食事が済むと、夜具の準備された部屋に戻り、今日の柳生の里での出来事を思い返していた。美しく静かな自然の中にあるこの山里が、これほど厳しい雰囲気の中にあるのが不思議でならなかった。屋外は虫の音以外に物音一つなく、静かな月明かりは山里の景色を浮かび上がらせていた。

この家の北寄りにある竹林と周囲を囲った生垣の屋敷、日が暮れると虫の音が煩いほどに聞えてくる。辺りが暗くなると村落には人の通りもなく、虫の音以外に何の物音もしなくなった。

　久方ぶりで静かな環境に身を置き、お腹も充分に膨れてゆったりとした満足感に浸り、夜具の中でうとうととして良い気持ちであった。その時、この家の勝手口に誰か訪れる者がいた。この家の女将と何か話をしているのは男だ。女将の声高の声が耳に届くが来た者はすぐに帰っていった。離れた部屋にいてもその訪問者の声の様子から、宿を紹介してくれた、あの怖い由里殿の声に似ていると思った。俺がこの宿に泊まったことを確認するため顔を出したらしい。

　やはり俺は他国から来た曲者と見られたか、と思いながらも落ち着いて横になっていた。天井に巡らされた太い梁は黒く煤け、剥き出しのままの姿はこの家の旧さを示していた。


　翌朝、新左衛門は早めに目が覚めていた。朝食を済ますとすぐに旅支度をし、家の者には礼を尽くし、宿賃を払って街道に出ていた。猫爺も由里殿も親切に注意してくれたのだったが、やはり気になっていた。旅に出る時は、道場の仲間に柳生の庄に行くのだと話をしてきたのだ。ここまで来て屋敷の外観も見ずに帰るのは如何にも残念である。帰って道場仲間から何かと聞かれるだろうことを思えば未練でもある。せめて粕川の道場の者達への土産話として、遠くからでも柳生屋敷の屋根だけでも見ていきたいと、ここに来て新左衛門は迷っていた。

新左衛門は遂にこの思いを留めることができず、意を決して、宿で教えられた柳生屋敷への裏道を歩いていた。来た道と違ってそこは農道、牛車の轍の跡が目立つ道であった。どうにか柳生屋敷だと思える屋根が遠くに見える所まで来ていた。これ以上近づくのは止した方がよいと、半ば諦めながらその場から踵を返して一歩足を踏み出した。その途端、足の動きが止まった。

その瞬間、新左衛門は息が止まった感じがした。いつの間にか得体の知れない黒い装束に身を包んだ武士団らしき者達に囲まれていたのだ。新左衛門が初めて見る、顔を布で隠した刺客と思える一団である。新左衛門がしまったと思った時は既に手遅れで、大変なことになっていた。猫爺の言った言葉に逆らい、今、命に関わる大変な事態を招いてしまったのだ。やはり来てはならない所であった。更に視線を移して見ると、少し離れた所で屋敷に近寄ってはならないと注意をしてくれた男、由里官次郎が立っていた。最初に会った時の鋭い厳しい顔であった。新左衛門を見て静かに近寄り、三間ほど手前で足を止めた。目も逸らさず腹の底から押し出すような声で言った。

「あの時、お手前様にはここに来てはならないと、強く止めたのをお忘れか。それなのに何故ここに来られた。我らが屋敷、今は他の者に見られたくないため厳重に見張り警衛している。それに逆らった者は誰しも無事で帰ることはできないと、お分かりにならなかった様子。この度は、素直に私のお連れする所に来て貰います。素直に従えば命の保証は致します。少し長い間拘束されますが、それは分かっていますね。宜しいですか」

新左衛門は驚いた。いきなりこの場で拘束されて、何時になるか分からない期間自由を奪われると言うのだ。余りにも一方的な話に頭が混乱して返事もできないでいた。中の一人の男が、拘束すべき捕縄を手にして近づいてきた。新左衛門は慌てるようにして、

「待ってくれ、俺はここに来たが何もしていない。確かに由里殿からは御忠告を受けましたが、お屋敷に行く心算はなかった。ただ、子供の頃より話に聞く柳生新陰流に憧れ、教えを請いたいと、この度常陸国から来た者。昨日、由里殿より御忠告を頂き、このまま帰ろうと思っていましたが、折角ここまで来ていながら残念だと思い、せめてお屋敷の屋根の一部だけでも遠くより拝ませて頂き、郷への土産話にと思って来ました。今、あの大きな屋形の隅を拝見して帰ろうとしていたところです。それ以外には何もありません。由里殿には御忠告を頂きながら、これぐらいならと軽い気持ちで来訪したまで。ここは見過ごして頂けませんでしょうか。すぐにここから去りますので、お許しを」

新左衛門としては、これほど丁寧に人に詫びたことはなかった。しかし由里官次郎

は、

「信太殿、それはできません。この里の掟である。その禁を破った者、それも私から強く戒めを受けたにもかかわらずそれに従わなかったことは許せません。静かに我らの指図に従って貰いたい。従わなければここにてお命を頂戴致す」

有無を言わせぬ強硬な姿勢に、新左衛門は一瞬迷った。この地に一人で来て、柳生の優れた剣士達大勢を相手に逆らってみたとて勝ち目はなかった。上州勢多の郡で浅山一傳流の免許は許された自分ではあるが、柳生の里の実力者達相手に争える力を持っているとは思えない。ここ、柳生屋敷の近くで大勢の柳生新陰流の達人達と争う気力はなかった。

話に聞いた柳生新陰流。一傳流元祖、浅山一傳斎の友人と聞いていた神陰流の祖、上泉伊勢守より伝えられた秘伝の一部については、二代目山崎十右衛門から教えを受けた程度である。その神陰流の流れを汲む柳生新陰流の実力は、将軍家指南役を仰せつかった名門道場。浅山一傳流は上州以外ではそれほど名は知られていない。その地位と真の実力の差は分からない。お互いにそれら流派を引き継いだ家元の流れだ。柳生の里の新陰流道場一門の強引な捕縛に、今は従わねばならなくなってしまった。

捕縛されれば、どのような処置で何時解放されるか分からない。場合によっては浅山一傳流道場の名に関わる。また、秋田佐竹藩士の血を引く一門の自分。時間をかけての助命願いもありうるが、今の佐竹藩は幕府にとって覚え目出度き藩ではない。このようなことで藩に迷惑をかけるようなことがあっては、信太一族にとって将来的にもよいことではない。家のことを思えばここで命を失っても致し方ないと観念した。

そのように腹が決まれば、今まで苦労して磨いた己の剣の技能を、この死に際してどの程度のものであったか試してみるというのも一つの考え方。天下に高い名声を誇る柳生新陰流への挑戦、自分がここで果てるとも、この日のための今までの努力と思えば良い。自分の生涯において巡り合わせたことと思えば、ここで果てたとしても大きな悔いはない。これも天命だと考えた。そのように自分の意思が決まれば、相手の一人か二人を倒せば、のちの世の信太一門の武術の誉れとなる、と新左衛門の心は決まった。

暫しの間、新左衛門の動きと出方を注視していた由里官次郎と仲間の四人が、待つ間の動きに痺れを切らしていた。官次郎の指示が出た。

「縄を打て」

四人は待ってましたとばかりに新左衛門を取り巻くと、一人が捕縄を持って新左衛門の後ろに回り縄を投げ掛けた。一瞬、新左衛門の身体が動いた。その時の抜き打ちに捕縄が大きく乱れ散った。

「武士たるものに無体な捕縛、縄目の恥は受けられぬ。この場において既に死する覚悟はできている」

と言うなり、そのまま抜き手も見せずに返した脇差が、水平に払い打ちを仕掛けていた。慌てて捕縄を手にした剣士が抜き打ちで身を守ろうとしたが、新左衛門の脇差が一瞬速かった。一面に血飛沫が散る。その時、新左衛門は三間ほど後ろに身を引いていた。

由里官次郎と他の三人、さすがは新陰流の剣士達、太刀を抜き放ち身構えながら新左衛門を取り巻くように迫った。

新左衛門は斬った相手の血を見て既に生きている心地はしない。本能的に捨て身で寄っていく狂い立つ剣士になっていた。既に後ろに回った男の打ち込みの気配を見て待った。一傳流極意の太刀の技をもっての左に身を開き捨て身の構え、胸当ての剣の扱いは一傳流の奥技、一傳斎の秘伝の特技である。修行中に得た中でも新左衛門の得意技である。

後ろから迫ってきた相手は、無言のまま新左衛門の後ろ左より袈裟懸けの打ち込みを送ろうとして上段に構えた。瞬間、新左衛門はその気を肌で察して、捨て身でその男に背を向けたまま刀を振り上げた男の胸に体当たり。相手の大太刀の下に身が入っていた。

相手は予想にない、自分の振り上げた腕の中に後ろ向きにすっぽり入られた形だから戸惑った。大太刀は新左衛門の肩が邪魔になり振り下ろせない。一瞬の躊躇いがあった。その瞬間に新左衛門は、相手の体に寄り添ったまま振り返りながらの小太刀の剣、相手の胴脇を掻っ切ると同時に返しの太刀で片腕を斬って落としていた。相手の者もさすがである。それでも怯まずほとんど片手で大太刀を振ってきたが傷は深い。片手の大太刀の扱いでは狙いも狂う。新左衛門の小太刀は片手で扱えて小回りが利く、そのまま相手の剣を絡めて柄元で一押し、相手がそれに反動して押し返さんとした時に、更に身をぴったり寄せたままに腰を捻りながらの、小太刀による更なる胴払いが決まっていた。

斬られた相手は、大太刀の流れの勢いに体が引き込まれるように、そのまま叢の中に倒れ込んでいた。それと同時に、新左衛門は飛ぶように身を引いていた。

しかし、その武士を斬った際の新左衛門の構えの崩れに、摺り寄ってきた官次郎の上段からの打ち込みは素早く、新左衛門の左肩先を掠った。袖が切られその端が手元に残った。新左衛門はそのまま倒れた者の囲みの切れた一角を見て、そこに向かって全力で走った。そのまま脇目も振らず方向もわからぬ道を全力で走った。一瞬の間合、手裏剣と思われるものが頬を掠るようにして飛んで行くのが分かった。

新左衛門は子供の頃から駆け足は速い。無傷の三人が後を追ったが正に一瞬の間の出来事。予期せぬ新左衛門の動きに追いつけるものではなかった。追っ手との間は瞬く間に離れていった。しかし新左衛門には土地勘はない。三人の追っ手を一時引き離しはしたが、どちらに逃げたら良いのか自分には分からない。今はできる限り早く柳生屋敷から離れるしかなかった。

四半里ほど走ったが、走りながら考えていた。このまま走るのは周りの人達に気付かれやすいし、肩の傷も手当てをして血を止めておかないと長くは持たない。ある農家の脇を走り抜けている時、農民総出と思われる庭先での作業の様子を見た。その脇にある納屋に目が行った。あの納屋に潜り込んで隠れ、暫く動かない方が良いのではないかと判断する。農民達に気付かれないように納屋に近づき素早く中に入り、納屋の屋根梁の上に積んであった藁束の中に潜り込んだ。

一方、新たな人数を加えて斬り合った現場から新左衛門を追ってきた由里官次郎達は、大きく引き離されたので後を追うのを諦めた。屋敷に帰って道場で修行している門人達に、今起きた事態を告げ、新左衛門の捜索を全地域に向け指示していた。

忍術を使える忍びや探索を得意とする忍者達にとって、人の捜索などお手のもの。数十人の道場にいた門人が一斉に新左衛門の捜査に入っていた。道場門人全員による捜査は、騎馬武者を含めて街道筋を追っていた。柳生屋敷側はすぐに捕まえられるものと思っていた。あの勢いで走っていったことを思えば、今頃は一里ほど先を走っているとの官次郎達の読みは違っていた。その時は、新左衛門は現場のすぐ近く、農家の納屋の梁の上の藁束の上で横になっていたのだ。

新左衛門は今日で四日目、走り込んだ納屋の藁の中でその時のまま動かず、梁の上にいた。その間何も食べていない。間に雨降りがあったので飲み水は何とかなったが、空腹は度を越えていた。夜中に静かに外の畑に出て、秋茄子の実を二つ三つ目立たない所のものをもぎ取り生のままかじっていた。ここに留まるのはこれが限界と、農家の納屋から離れることにした。

柳生の捜索隊は諦めたわけではなかった。最初の新左衛門の逃走時間と距離を読むのを誤ったのだ。捜索の範囲が三里以上離れた地点にまで広がっていた。新左衛門が現場から直近で身を隠したことが捜索の目を大きく狂わせていたのだ。

忍者達による四日間もの厳しい捜索にもかかわらず、捕まらないのは既に奈良の都から遠く京の都に入っていると思っても不思議はない。捜索を指示された忍者達もこの近くで捕獲できるなどあり得ないと諦め始めていた。その辺りを読んでいた新左衛門は、空腹にも耐えかね納屋を離れることにしたのだ。

柳生屋敷の者達は決して甘くはない。厳しい捜査を止めたのではないことは分かっていた。どのようにしてこの地を抜け出すか。暗くなってからか。だが暗い中で初めての土地では方向すら分からない。知らない土地で迷いながら動くには、大変困難な事態に遭遇するだろう。それでは昼間動くか。だがそれも難しい。新左衛門は迷いに迷っていた。真の暗闇での行動は忍者には勝てない。当然彼らは逃げる者は暗くなってから動くと、夜に重点を置いた捜索をしているに違いない。新左衛門は昼間行動することを選んだ。

まず自分の髪の毛を脇差を持って詰めた。当時、旅の空にあった多くの牢人達は、総髪で髪を頭の上で纏めて紐で結ぶだけであった。藩勤めや主持ちの武士、金のある町人らは家族や使用人、または専業の髪結床などで結って貰えるが、旅の者は自分で整髪しなければならない。特に武士などは常に知らざる敵を抱えている身、知らない結床には首を掻っ斬られる怖れがある。そのため多くの牢人や野武士らは総髪であり、髪を纏めて紐で結ぶぐらいで髷を結うことは少なかった。

当然、旅に出ている者は自分では結えないため、短髪坊主か総髪である。新左衛門も総髪結び髷であった。そこで短髪坊主になるため、脇差で髪を切った。自分で二尺に近い脇差で自分の髪の毛を切るのだからなかなか巧く切れない。ざんばら髪は乞食と変わりない。土地に住む浮浪者の頭と変わりないが、土着の浮浪者は仲間同士で助け合い、ある程度は剃刀、鋏などで切り揃えた髪にしていて髪の長さは揃っている。汚れて藁屑などが付いている者は見かけるし、旅する者の多くは綺麗な頭はしていない。

新左衛門の頭は特別に酷い髪で、一目で狂人か流れ者、無宿者に見えた。新左衛門はわざと顔に壁土を塗り、袴も脱ぎ捨て藁の中に押し隠した。太刀も隠したが、後でこの家の住民が見つけて騒ぐだろうがそれだけで済む。納屋を出る時は、それでも脇差を腰に一本、鞘などはわざと傷を付け安物の差し料に見せていた。誰が見ても不精不貞な浮浪者かならず者、遊び人の姿であった。

朝の陽が昇ってから、農家の人々が田畑に出て姿の見えない時を狙って外に出た。別に必要とはしないが、杖の代わりに納屋にあった竹竿を手にしていた。不揃いの藁屑の付いた汚い髪に竹杖を突いて腰を曲げて歩く姿は、誰が見ても乞食であり若者には見えなかった。

この変装は成功したかも知れない。柳生の里の村道を人に会うのを避けてどうにか通り抜けていた。これからは山道に入るのだが、今一番の苦しみは四日間何も食べていないことだった。人影のない畑に生えていた細い大根を、辺りに気遣いながら引き抜き、小川の水で洗ってそのままかぶりついた。生の大根を食べるのは初めてのこと。少し辛かったが旨かった。ともかく柳生の里から抜け出た今、他の領国に入れば逃げ切れると思った。

しかしそうは問屋が卸さなかった。近江国へ向かうのに、難を避けて山道を選び、人が一人通れる程度の林の中を歩んでいると、濃い土色の衣装を着た男が二人道を塞いだ。

新左衛門は一瞬足を止めた。最初農民かと思ったが、動きの軽いその身のこなしに、これは忍びではないかと思い、目立たぬように身構えた。一人の男が「何処に行く」と聞いてきた。その言葉遣いで只者ではないと悟り、新左衛門は黙っていた。咄嗟に答えが出なかったのだ。これから行こうと思っている近江国や京のことは何も分かっていない。細かく行く先を尋ねられても応えようがなかった。相手は暫くして、

「胡乱な奴だ。杖を突いているが足でも悪いのか。その杖は伊達ではないのか」

と言った。これは不味いと思ったが、近江の何処に行くとも応えられなかった。当然土地の名前も分からない。相手は二手に分かれて挑戦の態勢を作っていた。柳生の息のかかった追っ手の者かも知れない。この場に及んでは逃げ道もない。一人の男は手裏剣を手にしている。

「曲者、柳生の屋敷の近くで門人達を斬った男でないか。信太新左衛門とか名乗った武士ではないのか」

と詰め寄ってくる。この近さでは手裏剣を避けるのは難しい。腰の脇差の鯉口に左手を回した時に、手裏剣が飛んだ。それを何とか右手にあった竹杖で止めた。その瞬間、別の男が脇差で挑みかかってきた。新左衛門の竹竿がその者に向かって飛ぶと、

同時に脇差が鞘走った。脇差同士の戦いなら新左衛門なら遅れは取らない。相手の脇差が空を切って飛ぶと同時に、新左衛門の一振り、大きく脇差が走った。手応えはあった。その男は血を散らしながら、後ろも見ずに、そのまま山の傾斜を走り出したと思ったら、途中で崩れるように斃れた。

手裏剣を投げた男は、更に第二の手裏剣を放った。新左衛門は避け切れないと思い咄嗟に背を向けたが、その手裏剣が先日の刀傷の治り切っていない肩骨に刺さった。が、新左衛門は飛ぶように相手に向かって走り寄り、相手の脇差を払うと新左衛門の脇差がその男の首を払っていた。男は一声も発する間もなく身は二つになって山道の傾斜面を転がっていった。

男の落ちていった先を見ると、先のもう一人の男が倒れてもがいていた。静かに近づくと首元が斬れていた。まだ生きてはいるが間もなく死ぬだろう。その男を近くの叢に隠しその場を後にした。

この一時の戦いで新左衛門は完全に体調を崩していた。碌なものを食べていないし、必死の戦いで体力は限界に達し、体全体急速な疲労感に襲われていた。一丁ほど離れた所の笹藪に身を寄せ、暫し斃れるようにその深い笹叢に身を潜めて横になり、体調の戻るのを目を伏せて待っていた。

四半時と間もなかった。そこに別の人間が近寄る気配がした。身近に枯れ草を踏む音がした。目を閉じて体の復調を待つ心算の新左衛門、ぎくりとして音のした方に目を向けると、一見、百姓姿の男がこちらを窺っていた。どきりとして見据えたが、相手の目もこちらを見据えて動かない。忍びか、今仕留めた忍者達の新たな仲間か。今の自分には既に争う力は尽きていた。先の忍者相手の闘争に体力の全てを使い切っていた。この体で戦うのは無理だ。この叢から出るだけでも今は難しい。自分からは動かずにここに伏せたまま、相手が寄ってきた時点で一気に勝負を決してみる外ないと心に決めた。

相手の男は暫く様子を見ていたが、新左衛門の動きのない姿に衰弱の影を感じていた。更に忍ぶように少しずつ近づいてきて、今は五間と離れていない。手には異形の手裏剣が握られている。このように近くに寄られては、今にも飛びくる相手の凶器を避けるのは難しい。さっきの敵に打たれた手裏剣は刺さったままである。観念する外なかった。

忍び寄る男も這うように新左衛門に向かってきて様子を窺う。新左衛門の戦えない状態を確認したようだ。更に一歩身を寄せながら、伏せていた身体を伸ばすようにして立ち上がった。手にした手裏剣を狙いを定めるようにして持ち、初めて声を発した。

「お前は何者だ」

短い声掛けだった。新左衛門は観念した。今更どうあがいたところで体の動かぬ自

分に勝ち目はない。無駄な足掻きは止すことにした。それでも、

「旅の途中の者、今はこの身は動けぬ。俺を仕留めたいのならお前様の好きなようにしろ」

　相手はその言葉を聞いて更に近寄り、見下ろす位置に立った。

「怪我をしているのか。その肩に刺さった剣は柳生の手裏剣。何があった」

　相手は身構えを解いた新左衛門の今の姿を見て、張り詰めた緊張をほぐして凶器を懐に入れた。新左衛門は脇差の柄から手を離して、伏せていた身体を起こし、その場に座ったまま、

「我の怪我は、手裏剣が刺さったままだ。恥ずかしながら体が動かぬ。仕留めたいのならお前様の好きなようにしろ」

　言うなり脇差を前に投げ出していた。

「そなたは侍か。よく見るとまだ若い様子だが、その姿は異様ではないか。すぐ先で二人の忍びを仕留めたのは貴殿か。我も伊賀者だが柳生の息はかかってない。貴殿があの者達を仕留めなかったら、わしが襲われていたかも知れない。もしもそうだとすると、お前さんは俺の命の恩人ということになる。敵でないことが分かれば俺も一安心。そなたの肩の巴の手裏剣を抜いて手当てをしないといけない」

　と言いながら、するりと身を寄せて「よいな、手当てをする」と言って肩に手を掛

け、すぐに手裏剣を抜き、所持していた練り薬を塗って、自分の藍染の腹巻を解いて肩の傷口を確り巻き込んだ。

「済まぬ。惨めな俺を助けて頂きありがとう。俺の名は信太新左衛門、ただの牢人だ。この地に何の関係もない者だが、わけあって柳生の者と忍びの者四人を斬ってしまった。今は柳生の追手から逃れようとしているが、この辺りの事情も街道筋も全く分からない。生きてこの地は出られないと悟ったところだった。知らぬ地で知らぬ人に助けられたのは幸運であった。深く感謝する」

丁寧に礼を言っていた。助けてくれた相手は、新左衛門の怪我よりも空腹で衰弱している様子だと判断して、

「そなた、幾日も物を食べていないのではないか。血色が悪い、とにかく今はこれを食ってみろ」

と言いながら、今まで見たことも食べたこともない奇態なものを出してきた。食べ物には見える。新左衛門はそれを奪うように手にするなり口に持っていった。甘みのある練り菓子のようなものは、少し硬かったが旨かった。忍者が長い期間、屋敷の屋根裏などに籠もる時に食する特別の非常食らしい。食べた物が胃袋に達するだけで気力も高まり、足を伸ばしてみると確り伸びて、力が沸いてくる感じであった。竹筒に入った水を与えられて飲み干すと、生き返った心地だった。

「どうやら助かったようだ、ありがとう。お名前は、そなたも忍者の技を持つ御仁と見ましたが、この辺にお住まいの方か」

話を聞きながら、その男は辺りの足跡などを片付けて、そこに人のいた形跡を消していた。

「御仁と言われるほどの者ではない。この辺りの百姓だが、この山中の寒村では百姓だけでは食べていけない。この村の男の半数は忍法を習得している。特に今の世は各地の藩から声がかかる。我らにとっては大切な生活のための稼ぎどころ。与えられる金次第で何処にでも行くが、多くは最初の声掛かりの藩、その藩の影の者として命を懸けて働く者だ。同じ部落内でも、雇われた主によってはそれぞれ敵対する相手となることも少なくない。今、国内でも東西のしこりが切れたわけではない。伊賀、甲賀、山城は影の者、忍びの者の戦いと育成の地でもある。私にも理由があり、我が身のことは詳しく話せないが、少なくも柳生の者と反する勢力に近い者だ。安心して貰いたい」

言いながらも、新左衛門にこの地は危険なので急いでこの場から離れるようにと勧めていた。

「分かり申した。今は私も、早々にこの物騒な土地を離れたいと思っている。お助け頂いたついでに、安全な道を教えて貰いたい」

と頼んでいた。二人は手短にこれからのことを話し合った結果、一時、体力回復のためにも養生期間が必要との考えで一致した。新左衛門がここに立ち至った経緯などを話しながら、深い山中の間道とは言え、今までと違わない獣道のような雑木の繁る山中を歩き始めた。ここがどの辺りなのか見当もつかない、山中に建つ山小屋のような家に入って行った。そこにはその者の年老いた両親と思われる人がいたが、簡単な挨拶をしただけで、その家の隠し部屋だろう、屋根裏で休ませて貰うことになった。

京の都、加茂川縁の戦い

伊賀の山中のとある山村、新左衛門が農家の隠し部屋に居座って四日が経っていた。山家料理の良き味わいに食も進み、体もすっかり回復していた。多少の痛みは残るが肩の傷も動きに差し支えることもなく、忍びの者の家を旅立つことにした。この村にも柳生の息のかかった者が訪ねてきたが、悟られることもなく静かに体を休ませることができた。

新左衛門を助けてくれたこの家の男の名は、本人からは未だ聞いていないが、両親が我が子の名を呼ぶ時に「留」と言っていた。本名は留蔵とか留吉か。留の後に付く名があるのだと思っていたが、本人に尋ねることもなく「留さん」と呼んでいた。どうやら留蔵が本名らしいが、その留さんから話があった。

「信太様、明日の朝この村の者が松茸と舞茸を都の市に持っていくそうです。行程は二日ほどで、背負っていく荷物もあるとか。大変でしょうが、その荷を背負って一緒に行くのが、信太様にとってこの地を離れる安全な方法だと思えます。怪我をしているのに歩荷(ぼっか)になるのは大変かも知れませんが、身を隠すには都合が良いと思います。如何致しますか」

と聞かれた。新左衛門も京に出てしまえばひとまず安心かも知れないと思った。

「それは有り難い話だ。是非同道させて頂き京に向かいたい。体力も回復しているし、共に荷物を背負っていくのは苦にはならない。是非とも頼んで貰いたい」

と頼み込んでいた。留蔵はこれは良き話と既に話を詰めておいたものか、

「それでは明日の朝、夜明け前にこの先に見える農家の庭先に行きなさい。三人ほどが待っています。信太様は江戸の人で、上野には私用で来た帰りということで、路銀稼ぎで歩荷を手伝わせて貰うということになっています。一緒に行く者は全て農民。忍びの者はいないので、何かあっても頼りにならない人達です。その分、万一のことがあっても手助けできないので、その点は注意してください。それと、失礼ですがその頭は丸刈りにして調整しましょう。髭はそのままが良いと思います」

と言われ、新左衛門は早速、留蔵によって丸坊主にされた。

翌日の早朝、予定通り出発した。留蔵宅で用意された旧い着物に草鞋履き、坊主頭に菅笠を被り、歩荷の仲間に入れて貰っていた。午前中に木津川を越えて一路京へと向かっていた。荷は茸類だから、荷の嵩は大きくともそれほど重くはない。但し、生物だから傷みが早いので急がねばならない。天候に関係なく行かなければならない。途中は野宿のようなもので、旧い炭焼き小屋の一隅で一夜を過ごし、翌日の暗い内には山道を急ぎ足で越えていた。一度、探索者風の見知らぬ男から糾問されて見咎めら

れたが、坊主頭が役に立ったのか深く追及されずに済んだ。

翌々日、京の卸商人の所に荷物を置くと、新左衛門は茸の売主から手間賃を貰い、荷の中に隠し持っていた脇差を腰に、農民達に礼を言ってから京の町中に向かった。

京には佐竹藩の京都屋敷がある。尋ね歩いて所在を突き止め、屋敷の裏側に回って信太の一族であることを名乗った。藩の者であることを認められ、中間部屋に通されて落ち着くことができた。その晩は、何日振りだろうか、やっと枕を高くして寝られた。心の中では、よくここまで生きてこられたものと、深く神仏に感謝し手を合わせていた。

西国に入ってからはほとんど剣の練習もしていなくて、体力と技の低下を気にしていた。ただ生死の境に立つ、危機的瞬間を何度か経験してきた。あの時の、生死の境を潜り抜けた己の姿を頭の中に再現していた。瞬時の手裏剣と刃の襲撃は、意識的に避けられたものではない。言い知れぬものの気配が我が身を動かし、突然の襲撃を避けた。あの日の激しい格闘を顧みるに、剣の道とは体力と技だけではないのだと感じていた。一瞬に感じる「気」の動き、気配は道場だけでは得られないものと、自身よく分からぬままに悟っていた。

新左衛門は翌日からは藩の京屋敷にあった。佐竹藩としては京屋敷を使う機会は少ない。藩主が京都に上るのは何年かに一度。多くは上級藩士が公家らへの貢物を持参したり、幕府の指示で上京する際に使用する程度。他の数十万石級の藩の屋敷から見ればみすぼらしいものであった。

しかし、まだ藩士にもなれない若造の新左衛門、藩士の子息というだけで大きな面をして寝泊まりはできない。翌日から、小者（中間より低い身分）並みの仕事が待っていた。早い内から庭の掃き掃除や雑巾掛け、水汲みから走り使いは、勝手場の下働きの若者から命じられる。いわゆるこの京屋敷の中では一番低い立場の者である。それでも食事と寝る所だけは確保できていた。仕事は朝早くから三時（六時間）ほどで開放される。

新左衛門は小者姿で京都見物に出かけた。初めての京見物であるが、頭を坊主にしてから日も浅くイガグリ頭は目立つ。多くは寺を追い出されたやくざ坊主や、釈放されたばかりの犯罪者や座頭の風体である。坊主以外では医師の姿にも似るが、着ている物ですぐに分かってしまう。小者支度の丸坊主は見た目余り好ましいものではなかった。新左衛門もまだ若い、それを気にして菅笠を被っての町歩きとなっていた。

体調も整っての京見物である。京の町は広い、見たい所はいっぱいあった。今日も決められた仕事が終わり夕方になると、下屋敷を出て都見物をしていた。京見物も五日が経っていた。四条大橋を渡り加茂川縁を建仁寺から高台寺に行き、金地院へと巡る予定であったが、秋も深まりつつある時期、日暮れは早い。高台寺から金地院は山道であり、今から行くと暗くなると悟り、諦めて加茂川縁を京屋敷への帰途に就いていた。

高台寺を出て加茂川畔に出ていた。川の左岸を屋敷に向かうべく、右に折れて幅の狭い小さな木橋を渡ろうとしていた。京の町は夕餉時前で、橋の上は町人で賑わっていた。川沿いの小道を辿り、町中に続くその橋の袂近くまで来た時である。

「その者待て」と声がかかった。新左衛門は自分が呼ばれたとは思わなかった。周りを見回すと、数間前方に確りとした立派な支度の武士が立っていた。橋の袂と言っても橋からまだ四半丁ほど離れた川縁の小道。夏も終わりに近く、土手の蔓草が一面に繁っている中に笹竜胆の花が咲いていた。その小道の真ん中に立っている武士には見覚えがあった。男を確認すると、途端に背筋に寒さを感じた。一時も忘れることのできない、柳生の里の由里官次郎だった。

あの時、新左衛門は官次郎の部下である一人の武士を斬り倒し、一人を軽く傷付けながら一目散に逃げた。その記憶が甦ってきた。官次郎は柳生新陰流の使い手で師範代も務まる剣士であるのは、その前に柳生屋敷への道で会い知っている。これ以上屋敷の近辺へ立ち入ることを禁じられたあの時の強烈な気迫が甦り、一瞬背筋に戦慄が走る。

今、ここで会うということは、まさかここまでこの俺を追ってきたのか。驚きとともに、自分の腰に手を回して脇差のあるのを確認していた。ここに来て腰の脇差一本、他に身を守るものは何もない。川縁の土手際に身を寄せながら手早く脇差の鯉口を切っていた。由里官次郎は悠然として同じように大太刀の鯉口を切っていた。そして低い声で、

「曲者、信太新左衛門とやら、あの時の後始末をつけに追ってきた。この度は逃げられないと覚悟して貰おう。お前様はそれなりの武士の出と見た。あの時の屋敷通りでの剣捌きは見事であった。我らに油断あっての大きな失策。我らに失策は許されないのだ。どのようなことがあってもそなたを探し出し、後始末をつけなければならないのが我らの掟。あれ以来、我らの立場もあり、そなたの足跡を追っていた。ここで会ったのは幸いである。あの日の決着をつけねばならない。我としてもこの度は信太殿の御命を頂戴することになる。覚悟をして頂きます。それでは行きますぞ」

と言った時にはもう一人の武士が現れて、新左衛門の後ろに回っていた。

狭い川筋の路地、その裏の道を塞がれてしまえば、先日のように足に任せて逃げることはできない。新左衛門は被っていた笠を土手脇に捨てた。六分ほどに伸びたイガグリ頭が現れた。新左衛門としては官次郎に勝てるとは思っていないが、黙って斬られるわけにはいかない。腰の脇差を抜いて身構えた。官次郎も大刀を静かに抜いて青眼に構えた。その気迫には何ものにも屈しない厳しさが感じられた。新左衛門はその

気迫に押され一歩下がろうとしたが、後ろに回った武士を意識していた。身を引くに引けない今の状態では観念せざるを得なかった。

一方、目の前の橋の上では京の町の人達が眼下の河原脇で争う三人に気付き、欄干に寄りかかって「喧嘩だ、斬り合いだ」と叫んでいた。欄干に凭れかかるように大勢の人が騒ぎ始めた。都人にとっては滅多にない見世物であり、人だかりは大きくなっていった。

新左衛門はこの度は逃げられない。相手は新陰流道場の代稽古を務める一流の剣士、新陰流の極意も手にしているだろう者である。当然忍法も習得しているはず、自分の対等の敵だとは考えられない。

それに、後ろに回った者もそれなりの剣士と見た。新左衛門が手にしているのは脇差、刃渡り一尺八寸の長さでは、大太刀と戦うのは大変不利であることは分かっていた。新陰流の使い手の由里官次郎が、更に一歩、大太刀を手に近寄る。官次郎のこの度の太刀の構えと動きに油断はない。既に以前の新左衛門の太刀捌きは見られている。迫り来る気迫だけでも動きを抑えられた気分であった。この度は逃げられないと悟り、新左衛門は我が命はこれまでと覚悟は決めていた。

その時、後ろに回った侍が寄るより早く大太刀を振り込んできた。新左衛門はそれをどうにか脇差で払った。その瞬間、官次郎の大太刀が新左衛門の頭上目がけて打ち下ろされた。治りかけていた肩の傷跡を切っ先が掠った。新左衛門は斬られたと意識しながらも、後ろにいた男の剣を脇差を絡ませながら避け、相手の胸元に飛び込み、抱え込まれるように身体ごと身をぴったりと寄せた。相手の体に身を寄せて離れず、くるりと我が身を半回転しながら、その男の後ろに回って男の身を楯にした形で官次郎の二の太刀を避けていた。同時に脇差で抱え込んだ男の脇腹を掻っ斬っていた。身近に接しては短い刀の方が自由は利く。男の脇腹から血飛沫が飛ぶ中、倒れようとする男を自由の利かない左手で抱き抱え、官次郎の二の太刀の打ち込みに対し防御の楯にしていた。

脇差は短い鍔刀だ、軽い。片手で扱えるが、官次郎の打ち込みを受ければその圧力に耐え切れるものではない。倒れつつある男は今の自分を守る大切な楯であった。

官次郎の顔色が変わった。それは新左衛門にも分かった。楯として抱えられた仲間は新左衛門を斬るには邪魔になる。

官次郎がどう出るかと思っていた時、官次郎が大太刀を上段に振りかぶった瞬間、振り下ろしてきた。官次郎は楯になった男と一緒に新左衛門もろとも斬ろうと打ち込んできたのだ。これは予期しない行動だった。抱えた男と共に真っ向からの唐竹割り、その太刀の先端は新左衛門に届く。新左衛門は瞬間、男を手放すと同時に土手下に飛んだ。続いて体中に仲間の血をたっぷり浴びた官次郎が、土手上より大太刀を振り下ろしてきた。新左衛門は斜面になっている土手に身を伏せ、手にした脇差で官次郎の足元目掛け夢中で払った。

土手下にあって体を伏せたままに払った切っ先が相手に届くのは、土手の途中にある官次郎の足首が精一杯の距離。軽い手応えはあった。しかし再度、官次郎の大太刀の刃先が背中を襲っていた。背に激痛が走ったが生死の境、既に斬られたとは意識になかった。

新左衛門の左手は完全に使えない。脇差を持つ右手だけである。握った右手の脇差はまだ使える。転がるようにして土手下に落ちると跳ね起きて河原に降り立った。官次郎も続いて土手を降りてきたが、足首の怪我と草が繁って滑りやすいこともあってか、官次郎の動きがまともではなくなっていた。官次郎のその動きが新左衛門から受けた足首の斬り傷によるものかは定かではない。

新左衛門は土手下で相手を迎えるようにして立ち上がり、官次郎を見ると足首から血が流れている。官次郎は新左衛門が無意識に払った脇差で足首を損傷していた。新左衛門の肩と背中の傷は左手の動きを止めてはいたが、立ち合いの途中で後ろに回っていた脇差の鞘が深手を防いでいたため、新左衛門の足腰は確りしていた。

官次郎の足首の怪我は軽いが、意外と体の動きを鈍らせる怪我。官次郎は体を動かすのが難しくなっていた。ここに来て、新左衛門相手の最後の踏み込みは、足に手傷を受けた官次郎の体の動きに大きく関わる。この場にあって、左手は使えないが右手は使える新左衛門の方が有利になっていた。

この場の戦いは大きく変わった。今度は新左衛門が攻撃に移った。相手は足の怪我で大きく動けないが、太刀先は確りと青眼に構えている。新陰流の師範代、さすがに隙はないが自分から進んで攻撃はでき難い。今なら逃げられると思った。しかし新左衛門は逃げない。今まで受けた数々の太刀傷、立場が変われば心の底から怒りが湧いてくる。

また、柳生新陰流に完全なる勝利を得たかった。間合いを見て我が身を寄せる。その時、官次郎が太刀を振り上げるとともに、新左衛門目がけて一気に振り下ろしてきたが、踏み込みが足りない。新左衛門は片手の脇差で体勢の崩れた大太刀を受けて凌ぎ、同時に体ごと体当たりしていた。片足に傷を受けた官次郎はそれに耐え切れず、よろけて我が太刀で身を支えた。その瞬間、新左衛門の脇差がその右腕を斬り落としていた。

由里官次郎は河原に転げ落ちた。新左衛門も最後の一振りで体に余力はない。新左衛門はその場に立ち尽くし由里官次郎を見ていた。腰を落として深い息をついている官次郎である。由里官次郎は新左衛門に一度顔を向けて睨みつけていたが、そのままその場に確りと腰を据えた。

官次郎は自分の太刀を左手で拾い、その太刀の先を素手で掴み、血まみれになった手で我が首元を掻っ切った。自決だ。座った姿のまま首元から血が迸るが身体は動かない。静かに目を閉じていた。暫くして、官次郎の体が静かに、深く突っ伏すように崩れていった。

その様子を見ていた橋の上の野次馬達から溜め息に似たどよめきが上がった。

果たし合いは終わった。新左衛門は脇差を手放し、由里官次郎に向かって手を合わせていた。橋の上では大勢の人だかりができている。それを見て、この場のことは今日中にこの広い京の町中に知れ渡るだろう。また、返り血に汚れたこの姿で藩邸に帰ることはできない。

佐竹藩京屋敷に災いが起きてはならない。新左衛門は血に汚れた体で立ち上がると、河原の水で渇いた喉を潤し、酷く汚れた着物の血痕を洗い落とした。そして川原を遡りながら、北方の山中へと向かった。歩みは確りしていたが、死を覚悟した戦いは厳しく、精神的にも疲れ果てて体力の消耗も激しかった。喘ぐようにして山坂を登り、奥まった大木の繁る平地に出た。山中を彷徨い歩いていたが、一時でも早く横になりたい気分であった。

探し当てた小さな無住の寺に身を隠した。この寺に専従の住職はいなかったが、施錠はされていなかった。季節の花、野紺菊（のこんぎく）が花器に挿された本堂は綺麗に掃除がなされていた。比叡山の麓にある僧坊、比叡山天台宗の末寺と見た。

辺りはすっかり暗くなっていた。寺の中に安置された薬師如来と思われる像の前の経机には蝋燭と火打ち石が置かれていた。新左衛門はそれを手に火を熾し明かりを点けた。仏壇に供えられた献花を挿した花器の水を飲んだ。背中の傷は浅かったのか自然と血は止まったようだが、肩の出血は未だに止まらない。何とか止めねばならないと苦心したが、片手では手の打ちようがなかった。辺りは暗くなっていた。今夜はこの寺で過ごすつもりで、本尊様に手を合わせていた。

間もなくして、外に下駄を履いた者の足音が聞えてきた。半時前に激しい戦いがあった後である。自然といらざる緊張が増す。脇差を引き寄せ仏壇の片隅に身を隠していると、ここの寺を管理する僧侶と思しき年配の坊主が入って来た。

普段誰もいない寺に明かりが点っていたので、不審に思い来てみたらしい。灯火の傍に来て堂内を眺めていた。祭壇の前の板の間を見て、そこに新左衛門の血が滴っている。それを手で触り静かに辺りを見回した。誰もいるはずもないのに、と不審に思いながら、

「何方かおられるのか。怪我をしている様子だが、急ぎ手当てが必要なのでは。私はこの寺の僧、明かりが点いているので見回りに来た。何か事情あっての怪我か、盗賊

でない限り私が御仏に代わりお手当て致しましょう。隠れていなくてもよい。ここは寺、御仏の心の内は人助け、坊主としてもその御心に従わねばならない。ともかく失血があれば止めないと命に関わる。放置しておいてはよくない、ここにお出でなさい。ここに出てくるのが不安でも命の方が大事。私は僧侶であるから安心して出てきなさい。私は御仏に仕える者です」

と言った。一概に僧といっても様々であるが、新左衛門は多少の不安はあるものの、このまま放置しておいて生き長らえるとは思っていない。運を天に任せた思いで仏壇脇から這うようにして僧侶の前に出て行き、そこに手を突いて頭を下げた。そして手にしていた脇差を離れたところに置きながら正座した。

「私は常陸国の住人、わけあってこの地に参りましたが、無態な侍との斬り合いになり怪我をした者。ここまで逃れてきましたが、道不案内のため山道に迷い当寺にて一夜を過ごし、早朝には退去の心算でいます。私の身支度は使用人足姿ですが、藩と下屋敷内の使用人との間には、この度の争いに関わることはありません。そこのところ、お見逃しをお願い致します」

僧侶はさほど驚いた様子もなく言った。

「どのような事情がおありかは私自身は問いません。ただ仏門にある者は人を苦しみから救うのが務めと思っています。何か深い事情があってのこと、怪我をした理由について拙僧は聞きません。ともかく怪我の程度を見せてください」

結局、この寺で二日ほど逗留し世話になった。斬られた背中の傷の手当てと、その部分の着物を修復して貰いながらも、柳生道場の追跡を考えると気は急く。今すぐ追っ手がここへ来るとは思えないが、来ないとも考えられない。また、この事態が柳生屋敷に聞こえれば、このお寺とてただでは済まない。それを考えれば一日も早くここを離れることだ。

新左衛門は僧侶に深いわけは話せないから、急ぎ越後に行かねばならないのだと話していた。深く礼を言って北陸路への道を聞いて、寺を離れた。

比叡山の北側の山裾に出ていた。琵琶湖を右に見ながら西岸を北上、僧侶が心配して作ってくれた握り飯は三食分。少し重く感じていたが、二、三日は宿には泊まれないから、その間の大切な食料だ。

北国路を北上していた。肩の傷の痛みは幾分和らいだが、背中の傷の痛みは肩の傷と違い継続的な痒みも感じる。しかし背中のこととて手も届かず見ることもできない。切り傷の現在の症状は分からないが、良い経過とは思えない。

その後、若狭、越前と人混みを避け、急ぎ京の都から離れた。三日目から泊まりを重ねた旅籠でも、怪我のことは宿の者にも話さず隠していた。加賀の能登半島を先に見ながら旅を続けていたが、背中の傷が更に痛みを増してきていた。

新左衛門はここがどの辺りであるかよくは分からなかったが、加賀藩の領地に入っているのは分かった。人家の少ない集落の外れにあった山中の木賃宿に宿泊することにした。その宿の主からは新左衛門の姿やその動きを見て、何処か悪いのかと問われた。親切にも心配してくれたのだ。

新左衛門も気になり、このまま放置するのも不安に感じていた。肩の傷は改善しているのに、背中の傷は悪化しているようだからだ。田舎の村里のことでもあるし、ここまでは柳生の手も届かないと思い、怪我の治療を考えていた時だった。多少の不安はあったが、宿の亭主の顔をじっと見て、正直そうなその人となりに信頼できる人物と見た。様子を見ていた亭主が再度聞いた。

「お客さん、失礼ですが何処か体の具合が悪いのではありませんか。症状によってはお薬もありますが、どうしますか」

新左衛門としては怪我をした事情を話すのには躊躇いはあったが、背の傷が悪化しているのが気になり、傷を負っているのだと話した。

「実は、途中で山賊のような者に襲われて怪我をしている」

宿の主人は驚き、すぐに部屋に上げて背中の怪我の程度を見てくれた。怪我の経過はよくないようだ。既に膿んで酷く腫れていることを確認すると、主は驚きながらも親切に応急処置をしてくれた。

「肩の傷は良くなっていますが、背中の傷は化膿しています。急いで治療しないと破傷風になります。この近くに怪我など傷に良い温泉があるので、うちの若い者に案内させるから、今からでも出かけなさい。湯治です。その温泉は良く効くと言います。四、五日かかると思いますが、お勧めします。このまま放っておくと命に関わります」

と強く勧められた。

柳生の追尾も気になったが、怪我が悪化して倒れてしまっては何にもならない。親切な宿の主の指示に従い、宿の小僧を道案内にして深い山道を歩いて温泉場に行くことになった。この時の主の判断と、すぐに手配してくれたのが嬉しかった。また、命に関わると言われたが、自分としても気になっていたのだ。京から離れてもおり、追っ手の心配もなさそうなので素直に従うことにした。

宿の小僧の道案内で山の中の坂道を登っていた。温泉と聞いてこの宿場より賑やかな所と思っていたが、人の通りも少ない笹の深い山道は荒れて歩き難かった。山中の温泉場と聞いていたが、進むにつれて山道は狭くなり獣道に近い。新左衛門としても、怪我に良く効く温泉場があるのは今までも聞いて知ってはいた。だから温泉宿と聞いたので多くの人が訪れるものと思っていたが、そんな様子は感じられない。「笹湯」

という名の温泉場であった。

小僧からここですと言われて驚いた。温泉宿といっても、草深い山中にみすぼらしい草葺きの小さな家屋が一軒あるだけで、他には何もない。笹原がその宿屋の周りだけ刈り取られているだけで、物干しの柱が二本立っていた。賑わいがあるわけでもなく、小さな農家のような建物が一軒あるだけだった。

小僧の後に付いいて宿屋を訪ねると、この小屋の主と思える老婆が迎えてくれた。温泉の治療を申し入れると気軽に引き受け、家の中に入れてくれた。老婆は入り口まで出てきて、すぐに着物を脱がせて背中の傷を見ていたが、驚く風もなく、変わらぬ態度で言った。

「刀傷ですね。傷口が膿んでいます。しかし、四、五日湯に浸かればすぐ良くなる」

既に夕暮れ時、日は落ちかけていた。帰りかけた小僧を慌てて呼び止め、「ご苦労さん」と小銭を渡した。それを見ていたみすぼらしい温泉宿の老婆が、「今日は貴方様一人、傷の手当てには丁度良い。暗くならない内に温泉場に案内する」と言いながら、手拭と言っても浴衣の切れ端と着古しとも見える浴衣を渡された。

早速宿にあった下駄を履き、外に出て笹藪の中の細い道を案内された。気を付けないと転びそうになる。百間ほど離れた湯浴みの場所に案内された。

何処にそのような場所があるのかと辺りを見回すと、山間の細い小川の脇に竹で組まれたごく小さな仮小屋があった。薄の葉で覆われた屋根だけの脱衣場があり、その足元には小石が敷き詰められていた。その先に大小の岩に囲われた一坪ぐらいの水溜まりがあり、それがどうやら温泉らしく多少湯気が上がっている。その水溜まりの脇を流れる沢の水が温泉場に引けるようになっていた。その細い流れの水を周りに並べられた小石を動かして湯温調整をするらしい。新左衛門は裸になり足元に気を付けながら温泉に足を入れた。足元に注意し体を沈めて浸かる。

迫り来る秋の気配で裸の身には寒さを感じる。湯の温度が気になったが、その湯溜まりの周りは岩だらけで何もない。その向こうは深い熊笹に覆われていた。

尖った岩に注意しながら足を入れると確かに暖かい。これは温泉だ。体が湯に慣れると少しぬるい感じがして、物足りないので谷川から流れ込む水を小石で塞ぎ、湯温の調整を試みたが程良い湯加減にするのは難しかった。温泉は山裾の岩の間から染み出ているらしく、手を寄せると一箇所熱い流れを感じるが、川の水を堰き止めて適温にしているようだ。新左衛門が湯に浸かって落ち着いた様子を見ると、老婆が話し出した。

「ここには時々熊が来るが、静かにしていれば心配はないからね」

新左衛門は少し驚きながら宿に脇差を置いてきたのを悔いていた。新左衛門としては初めてと言ってよい温泉浴であるが、慣れてくると気持ちの良いものである。背と肩の切り傷に温泉の湯が沁みて痛く感じたが、慣れてくるとともに痛みは和らいでいった。

新左衛門は湯に浸かって気持ちが落ち着いてきた。夕暮れが迫ってきたので老婆が持ってきた提灯に火を点し、脱衣場の軒に吊るしながら、帰り際に言った老婆の言葉を思い出した。

「適当に湯に浸かったら帰ってください。余り長湯はしないように。私は食事の用意をしていますから」

最初は背の傷に湯が沁みて痛みを感じたが、我慢しているとその痛みが和らいでいた。今まで風呂に入ることなどない生活を送ってきていた。新左衛門は体全身で湯に浸かる気持ち良さは正に天国とも言え、ついつい長湯になっていた。慣れない初めての湯浴みの気分の良さと、その長湯に、新左衛門は気付かぬ内に湯当たりによる眩暈を起こしたようで、頭に異常を感じていた。天地が巡り気持ちが悪くなってきた。湯の中から這い上がって温泉の縁の岩の上に身を伏せ、そのまま気分の悪さに耐えていた。

そこに、長湯が心配になった湯宿の老婆が様子を見に来た。案じていた通り湯当たりした新左衛門を見て、傍にあった手桶を持って湯溜まりまで来て、体に軽く水を加えた湯を掛けながら新左衛門の背中を擦った。幾らも経たない内に眩暈も治まり、気分も落ち着いてきた。

「これはお婆様、済まない。何か気分が悪くなり苦しかった。お手当てありがとう。お陰で気分は良くなりました。もう大丈夫、自分で立てますから」

と立ち上がると、一糸纏わぬ自分の姿に驚き、慌てて自分の物を手にした。お婆はこうしたことには慣れているのか、新左衛門を見ながら、

「長湯は気を付けないといけないよ。食事の用意はできている。今日は貴方一人のお客さん、何の気遣いもいらないから、ゆっくりと養生することだね。また、湯は一時ほど間を置いて何回も浴びるのがいい。焦っても傷が治るのは同じ日にちがかかるものだから、のんびり過ごすことですよ」

と言われ、それが分かる気がしていた。

この温泉場、集落からの日帰りは難しい所である。お湯があるというだけで何もない。病気や怪我の治療だけを目的とする温泉はそれほど人気があるわけでもないので、地元の者しか知らないようだ。だが怪我などには特に評判が良く、その話を聞きつけて他の地方から来る者もいるという。

次の日は二人の老人が入って来た。農夫らしく、新左衛門の刀傷を見て驚いていた。五日間の湯湯治は順調に効いていた。大きく動かない限り傷の痛みも治まっていた。予定にない湯湯治の逗留に秋の季節は更に深まっていた。間もなくこの地方は大雪の季節を迎える。この温泉宿も閉ざされて、老婆も我が家に帰るらしい。

新左衛門は温泉場のお婆様に深く礼を言いながら、帰り際に世話をしてくれた集落の宿に一泊してから越後路に向かった。

越中、越後と北陸路を辿り、裏街道を通って上州を目指していた。背中の傷も良くなって痛みは気にならなくなっていた。

北陸路を北上していた時、西の海原を眺めながら過ぎ去った昔を思い出していた。自分が子供の頃、文次爺に連れられて二、三度東海の沖の大洋を見せて貰った時のことだ。

今は、北陸路に沿った西側に面する、遠く大陸に通じる大洋を目にしていた。その際限なく広がる海原に生じる波頭の荒さを見るに、黒味を帯びた海は見るだけで冷たさを感じる。自分が子供の頃に見た東の海よりは、包容力に欠ける厳しくて冷ややかなものが感じられる。

この頃になると温泉の効果か、肩や背の傷も大分良くなり、体力も充分に戻っていた。越後路に入り、柏崎から信濃川沿いの小千谷に向かい、川舟を雇って信濃川を越えるようにして遡り、流れが枝分かれしたような谷川、羽根川の流れの道沿いを通り、中部山岳地帯を登り始めていた。上州に向かう山道、三国峠に通ずる街道だった。

信濃川に流れ込む羽根川沿いの上り道、谷間に沿って点在する集落は、川沿いを細長く伸びた寒村である。集落の点在する街道筋を進むと、人が住んでいるのかと疑いたくなるような山が続き、所々に何をもって生活をしているのか分からぬような家が点在する。中には御宿の札が風に揺れて下がっている家もあるが、山間の侘しい環境が目に映る。

谷川に沿って今は紅葉の盛り、その山道を二泊かけて通り三国峠を越えた。街道とは名ばかりの険しい山道である。三国街道と言われてはいたが、よくもこの道を上杉軍の軍馬は通過したものだと驚いた。道は崩れたりして道幅などに変化はあるが一本道で分かりやすい。日本海側から上州へ海産物などを背負って運ぶ行商人などにとっても大切な道である。今は秋真っ盛り、街道は何処も秋の彩りに恵まれ美しい。

新左衛門がこの度、遠回りのこの道を選んだのには事情があった。中仙道を通れば半分程度の道程だったのだが、新左衛門の考えでは、中仙道はいささか危険な街道と見ていたのだ。室町時代の後半から戦国時代にかけて、中仙道沿いは長い間、豪族間の戦場として常に争いの中にあり、在郷住民の気質は荒れていた。

関ヶ原で天下を掌握した徳川政権もまだ磐石ではない。尾張から美濃にかけての戦国武将、織田信長らの躍進以降、中仙道は美濃、飛騨、甲州、信濃、上州と群雄割拠の闘争の時代を経てきた。この地は柳生がお庭番として特に選んだ探索地、場合によると新左衛門の追尾の手配は整っているはずである。

　元々中仙道は物騒な街道であった。それらの地域にあった戦国武将の名を挙げれば、織田信長、斎藤龍興、木曽義昌、村上（山浦）景国、北条氏政、武田信玄、その支配下にあった真田昌幸、そして越後の上杉謙信ら、その一族や群雄の子孫が地域に目立たぬ形で浸透している。今では徳川旗本八万騎とも言われる者達が管理する地域に接し、諸々の小さな軍団とも言われる豪族の地盤でもあり、長い間抗争の中にあった。現在は徳川幕府の管視下にあるが、荒れ果てた街道であるがゆえ、柳生一党らによる裏の監視の厳しい地域でもあった。

　未だ徳川政権に対する敵対と報復の風潮が消え去ったわけではない。散在する群雄の中にもその余韻はまだ残っている。徳川政権に納得した豪族ばかりではないのだ。東西の動きに神経を使いながら天下の様子を見ている武家は大勢いるのだ。

　それら各地の大名達の動きを見張る影の戦士、御庭番とも言われた柳生一族一党の動きは戦前にも増して厳しいものがあった。この辺りは特に多くの忍者が跋扈する地域でもある。天下を纏めることの難しさを徳川家康は充分に分かっていた。未だ一寸たりとも油断のできない状況下、柳生一族や甲賀忍者や伊賀忍者らは忙しい。また真田の影の者の生き残りや、沼田に居を定めた真田信之の支配下にある忍者らも各地の大名のもとに潜り込んでいた。その後、徳川政権も盤石となった時代、忍者組織は表向きには消えたかに見えたが、多くの者は生き残り、幕末まで各大名や各藩の監視役として動いた。

そんな地域を通過するのだから、新左衛門としては注意のいる道筋であった。彼が中仙道を選ばなかった理由は、柳生の息のかかった者達の追尾を避けたかったからである。

信太新左衛門は、三国峠を越えて上州沼田の地を経てから、利根川に沿うように赤城山麓を巡り、粕川の浅山一傳流道場に無事に着いた。

この度の武者修行の旅の反省とともに、人への気配りの拙さ、自分の至らぬ点に気付いていた。帰りきて道場にあっても、道場主、山崎十右衛門と孫大夫に帰国の挨拶をしただけで、他の人達とは顔を合わせていない。道場内にいても剣も手にせず、黙然と座るだけで口も聞かず、ただ柳生派忍びの術と新陰流の剣の扱いの究明に思いを巡らせていた。

夕方になり陽が落ちると一人赤城山中に入り、暗闇の中で自然を相手に「気」を悟る訓練に励んでいた。今の新左衛門は、山中にあっても野鼠一匹走る物音も聞き漏らすことはなかった。

時には夜の暗闇の山中、急勾配の木立の中で、最も恐れられていた狼の一群や山犬の群れに襲われたこともあったが、新左衛門は木太刀を持って多数の狼や山犬を倒した。野生動物の集団による襲撃、彼らの機敏さに対応するにはその姿を目にしてからでは遅い。目に見えぬ相手の動きはその気配と勘に頼るしかない。全てが「気」の動きを悟るための大きな試練であった。野生動物の敏捷な動き、直感的とも言える彼らの気配と感覚は、いつの間にか、気付かぬ内に人間が失ってきたものと考える。それは言葉に表すことのできないものである。未だに理解し難いものであった。

旅から帰って今夜で五日目、真夜中に一人道場に戻ると、秋も深まる寒い道場は真っ暗である。物音一つしない広い道場の床は冷たく足から冷えてくる。汗に濡れた冷たい肌着が一気に身を包む。赤城山中から下りてきた新左衛門は広い道場の中央に正座して気を整えていた。改めてこの場に端座している自分を顧みるに、未だ剣の奥義を見出せないでいる。今ここに、己が生死の境を越えていることの不思議と、様々な反省すべき出来事を振り返っていた。そして精神を統一して、自然界の中に「気」を掴む修練に身を置いていた。

板敷きの上に端座する我が身が、自然と床板に定着するような気分になってくる。一時瞑目して、禅の道に倣い無我の境地を求めていた。深い静寂の中、長い時を経たと思った新左衛門に、何となく「気」が動いた。何か生の物体が発する空気の存在を察知していた。静かに目を開け、気配の感じられる道場の片隅に目を向けた。真の闇の中に微かに、幻の如くものの影がぼんやり浮かび上がった。それも人間らしい。だが殺気のような厳しさは伝わってこない。はっとして凝視するとそれは女だった。微動だにしないその影に動きはない。新左衛門は強い衝撃を感じていた。

　この女はその場所にいつからいたのか。新左衛門は愕然としていた。女は今入って来た様子はない。すると新左衛門が入って来る以前からその場にいたのか。新左衛門の驚きは大きかった。己が、今までその場に存在する人の気配に気付かなかったからだ。その己の未熟さにも驚いていた。伊賀の地において忍法の基礎となる技能を学び、暗夜で気配を知る修行は充分にできていると自負していたが、夜陰のこの静かな広い道場において己の「気」に対する修行の未熟さを思い知らされていた。

　女は道場の片隅できちっと端座していた。仏像のように動かないその女は、自分がここに入って来た時には既にそこに座っていたものと思われる。その気配に気付かなかった己に驚き、自身はその事実に愕然としていた。

　広いとはいえこの道場という限られた空間の中で、今時分は誰もいないものとの先入観が自分の「勘」を鈍らせ、注意力の欠如から生きた人間のいることを気付かせなかった。己の今までの厳しい修練、苦しい修行に成果はなかったのか、と驚愕した。

　道場の片隅に正座していた女が新左衛門の心の動きに気付き、そっと立ち上がると、足音を忍ばせて新左衛門の前に立った。新左衛門は更に驚いた。結だ。旅に出る時に自分の名を言っただけで、無言で見送ってくれたあの時の少女だ。新左衛門にとっては未だ得体の知れない娘である。時々屋敷で姿を見かけたが、可愛い女の子だなと好意らしきものは抱いていた。いつも頭の片隅にはあり、忘れたことのないその少女に間違いない。この屋敷の者達のこの娘に対する接し方は何処か丁寧であり、何者なのだと気にはなっていた。

闇の中、自分の前に立つ若き娘の肌は見えざる光を帯びて幻影のようであった。新左衛門は暗がりの中、女に向かって無意識に両手を突き頭を下げていた。女は静かに新左衛門の前に膝を揃えて座った。

「信太新左衛門様、無事のお帰りお目出度うございます。お待ちしていました」

と丁寧な挨拶があった。先に挨拶を受けて新左衛門は一瞬息が止まった。暗闇とはいえ次第に目も慣れてきた。今までは雲に覆われていたかのように、闇が切れ道場内に明るささえ感じられる。半月の月明かりが雲間を抜けて場内を幾分明るくしたようだ。結の顔も輪郭が確りと見えてきた。鼻筋の通った口許は締まり、その美しい容貌に更なる驚きを感じた。新左衛門には言葉がなかった。ただ呆然と結を見つめていた。

やがて結が口を開いた。

「新左衛門様は京の方に向かわれたと聞いていましたが、お帰りになられたことを今日の夕方聞きました。長い間のお留守を気にかけておりましたが、何事もなく無事のご様子と伺いました。何か旅の様子でもお聞かせ頂きたいと思っておりました。それでここに来てみましたら誰もおられなかった。屋敷の者に聞くと、信太様は多分夜中にならないと帰らないと聞きここで待っておりました。無事のお帰りは長い間のご鍛錬あってのことと思いますが、ご立派なお姿拝見致しまして嬉しく思っております。信太様のお話をゆっくりと聞きたいと思いますが、今夜は遅くなりましたのでこのまま帰らせて頂きます。これから度々道場に参りますので、後日旅の話をゆっくり聞かせて貰いながら、私に新たなる小太刀のご指導をお願い致します」

丁寧な挨拶を受けて、新左衛門は慌てた。自分はまだ一言も言葉を発していない。それよりも、これまで気付かなかった結の美しさに驚く。その結に話しかけられたのに返事の言葉も声も出なかった。結の突然の出現に戸惑い、何を話すべきか迷っていた。初めて知る成熟した美しい女性を前にして、男として大きな衝撃とともに、今まで経験したことのない胸騒ぎに似たものを感じていた。また先程来、広い道場の中で結の存在と気配にも気付かずにいた己の醜態。それに結の成長した美しい姿に圧倒されて、ものに動じないはずの自分は自信を失ってしまい、丁寧な挨拶に満足に応えることもできないでいた。

男として初めて異性に接するに際し、未熟さから来る焦りがあった。ましてや、今後、剣の指導をと請われているのだ。考えてもいなかった結の要請にも驚いていた。

自分は未だ結という女をよく知らない。この屋敷との繋がりについても噂には聞いているが、真の話を聞いたわけでもない。その立場や身分も分からない女である。屋敷の者達の対応を見て、それなりの高い身分の女であるとは感じていた。何となく粗末に扱ってはならない人であるとは意識していた。その女人の要請に如何に答えるべきか。今、帰ろうとして立ちかける結にやっとの思いで声をかけた。

「お尋ねします。私は未だ真の剣法については修行中の身であり未熟者。現実、今そなたがこの道場内にいるのも気付かず、剣を扱う者として恥ずかしき限りであります。お結様とお聞きしましたが、どのようなお方かも私は存じませぬ。望まれたのは剣のことと（おなご）は思いますが、未だかつて女子に対し指導の経験はありませんので、その剣の指導についてはお許しください」

やっとの思いで応えていた。結いはにっこり笑って、

「そのように真剣にお考えなさらなくても、その内、気が向いたらお願いします」

と言いながら、静かに音もなく立ち、軽く頭を下げてから道場を去っていった。その姿を見送ることもなく、手を突いたまま目を瞑っていた。心の中では自分の未熟さに羞恥に似たものを感じていた。新左衛門は暫くの間身動き一つせず、去りゆく結の気配に頭の中だけで見送っていた。

道場に一人残された新左衛門、呆然と暫しその場に座したまま動かずにいた。結は床の軋む音一つ立てず去っていった。床板を受ける根太の上を均一な歩幅で確りと歩

いていた。その床根太の見えない間隔を心得ている者は、施工した大工か忍びの者に近いと心得ていた。

新左衛門の頭にあったのは、この道場に入って来た時に何故、結の存在に気付かなかったか。真の暗闇の中であるが、誰もいないという先入観があったとはいえ、剣の修行を果たした者として驚愕に近い驚きの心境に陥っていた。

結が己の存在を消し去っていたその術は、自分を超えたものなのか。彼女の存在を目前にして、己の心技の至らぬ現実に気付いていた。己の修練の未熟さに驚くとともに、道場内での今の現実を受け入れることができなかった。これまでの自分の修行の完成度をある程度は信じていたのだが、先程の現実に接し、その未熟さが今更ながら我が身を熱くした。

結が持つ「気」を消したあの技は何か。消し難い想念の中、己の心技を見つめ直しながら、その夜は道場を後にした。

今、新左衛門は道場から一丁ほど離れた、一傳流道場の門弟でもある男の農家の一部屋を借りていた。家に帰り着いたのは既に夜明けの時を迎えていた。

農家の朝は早い。秋を迎えて陽の昇るのは遅く、朝の光が地平線を離れようとする頃は、多くの家では農作業に入っていた。収穫を終えた穀物の籾摺り等、年の暮れに向かっての農作物の保存備蓄作業に忙しい。春の農繁期と変わらぬ忙しさで、日照時間も短くなるために朝早くから日暮れまで目一杯農作業は続く。

この家の主、熊次は既に納屋に入って作業に従事していた。熊次の女房田津は、新左衛門の帰宅の姿を見て急ぎ朝食の支度を整えていた。

「若旦那様、食事の用意はできています。ご飯も汁も勝手に好きなだけお上がりになってください。片付けは、そのままで置いておいて結構です」

そう言いながら、急がしそうに熊次のいる納屋に向かった。新左衛門は食事を済ますと同じく納屋に向かった。そして熊次の傍に寄り添うようにして、「少し聞きたいことがあるのだが、よいか」と、新左衛門は腰をその場に落として尋ねた。熊次とは普段は余り話すことはないが、改まった問いかけに、頭を少し下げて応じる姿勢を見せた。

「実は、屋敷に時々見える結という若い娘から剣の指導を頼まれた。まだ返事をしていないが、時々屋敷に来るあの結という女子は何処に住んでいて、誰の娘だ。昨晩久々に口を利いたが、何か変わった女子に見えた」

新左衛門の質問に、熊次は屋敷から多くを語るなと口止めでもされているのか、少し考えるように新左衛門を見ていたが、やがて重い口を開いた。

「あの娘は屋敷とは何か曰くのある娘らしく、屋敷では大切に扱っています。私にもよく分からないが、噂に聞くところでは、一傳流元祖浅山一傳斎先生の血を引く娘と囁く者もいます。当然、私どもは一度も話をしたこともない。小太刀をよく使う娘とは聞いていますが、真実のところは分かりません」

と言いながら、不思議そうな顔をして新左衛門を見ていた。新左衛門は躊躇いを見せながら、

「道場で突然に会って、指導を求められたので聞いてみたのだ。少し変わった女子ゆえに、不審に思い聞いたまでだ。詳しい話は屋敷の文衛門殿か道場主に聞けばいいのだろうが、ありのままに教えてくれるかどうかは分からないな。ところで、大いに仕事の邪魔をした。昨晩は寝ていないので一時ほど休ませてくれ。その後、俺も手伝いに来るから」

と言い残し、部屋に戻って横になっていたが、熊次にはその女が夜中に現れたとは言っていない。結の立場を考えれば口にすることではなかった。

部屋に帰ってまず一眠りと思いつつ横になったが、外の明るさや女の子の甲高い声、飼い犬や鶏の鳴き声に妨げられてなかなか寝つけない。昨夜の結の姿が頭に浮かび、何回か寝返りを打ちながら、無理に一眠りと思っても何故か寝つかれそうになかった。半時ほど横になっていたが、寝なければという焦りのようなものがあって眠れない。確り目を開けると、諦めにも似た感じで重い頭を小突きながら起き上がった。

起きてしまえばこのままここにいても意味がない。ゆっくりと草履を突っかけ重い足を引きずるようにして納屋に向かった。

寝ているものと思っていた新左衛門が半時ぐらいで納屋に来たので、熊次は驚いていた。意外に早く作業に加わってくれることに驚きながらも、この時分の手伝いは有り難い。新左衛門は作業の手順を指示され、熊次が籾摺りした後の藁などを束ね納屋の奥に片付け始めた。このところ碌に寝ていない新左衛門は少し足腰がふらつく感じで、それでも作業に従事していた。

夕方道場に行くと、山崎十右衛門が折り入って話があると待っていた。座敷に呼ばれて茶を飲みながらの雑談程度の話から始まった。十右衛門も七十の古希を超える歳、道場に出ることはほとんどなかった。倅の孫大夫に道場は任せたままの大御所的立場にある。新左衛門を迎え入れて膝を正した。

「新左衛門殿、折り入って頼みがある。信太殿もお気付きと思うが、倅、孫大夫の剣は今一つ物足りないものがある。一傳流を引き継ぐ者として、そなたの確りした指導をお願いしたいのだ。御身の武芸は既に頂点に達している。我らの持っている技能を超え神技に達していると見ている。そなたの持つ心技の一部を孫大夫に是非とも伝えて貰いたい。甚だ不躾ではあるが宜しくお願い仕る。この通りだ」

と深く頭を下げた。新左衛門は師匠である道場主から両手を突いて頭を下げられ恐縮した。

「孫大夫殿に指導などとは大仰な。私は、師匠の教えに従い浅山一傳流の奥義を伝授されました。孫大夫殿も全ての極意を伝授された優れた指導者。私如き者に指導など畏れ多いことです。私は上京の際に知り得た忍法の〝気〟について、孫大夫殿にお伝えしたく存じます。及ばずながら、必ずお伝え致します」

と応えていた。その後、更に新左衛門の新しい流儀の奥義開眼について、十右衛門から親切な指導を受けた。新左衛門もその親切に応えるべく、

「私もあと半年後には、奥州の奥地、秋田佐竹藩に仕える実家の跡を継ぐことになりますので、帰らねばならない身です。その時までには必ずお心にお応え致します」

と深く頭を下げていた。その後は、奥方から温かいお茶を頂きながら、この度の上方への旅の話などをして退室した。


新左衛門は道場にあった。孫大夫への忍法の伝授は概ね口頭での指導であった。ある程度技能の極みに達した者同士、口頭でも充分にその真髄は理解できた。孫大夫はこれまでの道場主という立場を超えて、新左衛門から剣の奥義に繋がる指導を真剣に受けていた。

元々一傳流の基本は居合にあった。それは秘伝書として十首の詩詠に纏められている。『一傳流居合惣録書』と読める居合術に繋がる秘伝書に記載されている。山崎十右衛門祐正宛ての直伝内容は、居合目録として「無一剣、無二剣、無上剣、乱相、左近身、同三尺剣、右近身、同三尺剣、胸之刀、柄取之事、三拍子、相心、猿喉、水月、惣覚、腰当、脇差之支、右条々口傳之時習至極可秘々々、浅山一傳斎一存花押、十右衛門祐正殿」とある。巻物書類は既に孫大夫の手元にあり、彼は誰からも指差されることのない一傳流の世襲者である。

信太新左衛門が忍法に繋がる流れを山崎孫大夫に指導伝授するのは難しいことではない。新左衛門の纏めた秘術は浅山一傳流道場にこのようにして残され引き継がれていったのだ。

新左衛門はこうした技能伝授の時間を挟みながら、門弟達から一斉に指導要請を受けて忙しい毎日を送っていた。

そのような日々の中、三日と明けず結の道場通いも続いていた。新左衛門はこれが一番の悩みであった。結の来る日は何となく落ち着かないのだ。己自身は気付いていない結への想いの処置に悩み、彼女の存在とその扱いに胸の内では常に葛藤が生じていた。剣の指導者としての自分の立場とその在り方に乱れが生じてくるからだった。

結を指南する時は、己は剣の指導以外の何かを期待しているようだ。それを自身は気付いていないし、それが何であるかも分からないでいた。自分自身が結に接する時の真の心が何処にあるのか、それが男女にしか生じない恋慕であるということも、新左衛門は気付いていなかった。苦しい胸の内を整理できない悶々とする日々を送っていた。

今日も、既に結が屋敷の座敷に面した縁側に来て待っているらしい。気持ちはそちらに向いていた。新左衛門は女相手では手加減もあるし何となく苦手で、結の小太刀の指導には要領を得なかった。今日も早くから来ているのは分かっていた。それは結の乗ってくる馬の利根が嘶く声で分かっていた。新左衛門の道場内での指導稽古は真面目で、時間いっぱい使うため、彼の手が空くのを待っているらしい。

今日も半時は結の指導に費やすだろう。他の弟子の手前もあり、新左衛門は結の扱いには気を遣っていたが、今では誰が見ても結が新左衛門に想いを寄せているのは分かっていた。最近では、新左衛門とてそれを全く感じぬわけではないが、結の気持ちにどのように応えればよいのか悩み始めていた。

近い内に永の別れが待っている。自分の気持ちとしては彼女への想いを断ち切らねば、と苦しんでいた。だがその胸の奥にあるものが、結に接すれば接するほど断ち切り難く、その想いが今の新左衛門の心の大半を占めていた。

指導はいつも道場の外の庭先が稽古場であった。結は野袴に襷掛け、その姿には新左衛門にとっては表現し難い、醸し出される悩ましい何かがあった。それは一言で言えば、女としての結の姿態の美しさから来る何かだろう。

そして結の抗し難いまでの厳しい心情に触れて、新左衛門としては言葉に尽くせぬ迷いがあった。自分でも処理し難い大いなる悩みであった。本来の太刀捌きの厳しさ、その中に見せる女の柔らかな心情を新左衛門としては理解できない。結の控えめな優しさ、均整の取れたその姿態、小太刀を持って構える腕の間に見える健康そうな胸の隆起が、新左衛門の指導に迷いを生じさせる。

結の太刀筋は流れるような動きの中に厳しさがあった。二の腕は白い生き物の如く侮り難い粘りがあり、気を許せば手痛い一撃を覚悟しなければならない。また、女の身と思えば受け身にも手加減がいるし、誠にもって扱いにくい生き物であった。

新左衛門は結の持つ女の魔性に耐え切れなくなっていた。木刀による受け身だけの指導は、自身の心の動揺を自覚するだけに気の許せぬものがあった。女を知らない新左衛門には大きな隙が生まれる。脳裏に生じる悩ましい幻想に心奪われ、相対する現実を前に突然の一撃を食らってしまう。

新左衛門が己が想いを自覚するのに長い時間はかからなかった。自身が次第に結という女に心奪われ、離れ難い想いを募らせ、既に恋の虜になっていることに気付いていた。

最近では結の姿が見えない日は心落ち着かず、剣の道以外にも人間の生涯に関わる大切なものがあることを感じ取っていた。人間に限らずあらゆる生物には男と女、雄雌の存在がある。これは万物の生みの親が、地上に生きる全ての生物の永遠の存在を求めたものである。胸の内に宿った情愛……人間本来の本能に捉われているのかも知れない、と新左衛門は思うようになっていた。

一方、結は幼い頃から自分の意のままに生きられる立場にあった娘である。新左衛門が信太次郎太と名乗る青年時代から彼に興味を持っていた。悪戯心から手裏剣を投げたりしてはからかい喜んでいた。それが自分も気付かぬままに取った行動であり、いつからか興味以外にも次郎太への自分の想いを自覚するようになっていた。旅に出た次郎太改め新左衛門の不在を寂しく思い、それがいつしか恋しい気持ちに変わり、二度と会えないかも知れないと思った時には一心に新左衛門の無事を神仏に祈っていた。その新左衛門が帰ってきたと聞いた時は、すぐにも飛んでゆきたい気持ちであった。

これまでの結の小太刀の技は、日頃から受ける母親からの教えにあった。母が浅山一傳斎の実の娘であることは誰も知らない。実際、母自身も一傳斎が実の父親であることを知らず料理屋の娘として育った。今は結の母親の出生の秘密を知っているのは山崎道場主だけで、屋敷の主が知っているかどうかは分からない。結はその料理屋の一人娘であり、弟は一人いたが今は江戸に出て板前の修業中であった。

　自由気儘に育った結が他人に頭を下げるには大きな努力が必要だったが、怯むことなく新左衛門に小太刀の指導を頼んだのだった。その時、新左衛門は何の感情も見せず、その対応は結には冷たく見えた。事実、結の申し出に彼の顔には困惑の色が見えた。それには結も心を痛め途方に暮れたが、新左衛門への想いは消し難いものであった。

　それでも結の想いはどうにか通じ指導を受ける許しを得た。その初日には、今まで化粧などしたことのない結が、気付かれぬ程度に身支度に時間をかけていた。それとなく鏡の前に立ち自分の姿を確かめる結であったが、その努力は実ったようで、新左衛門の心を大きく捉えたようである。

　今の二人は会う度に何か通じるものを感じてはいたが、お互い言葉には出せぬ想い、互いの恋の始末に苦しんでいた。会うのが楽しみとも苦しみとも分からぬまま道場に来て小太刀の修練に励んでいたが、真実の心は何処にあるのか、双方共に己の心の整理に悩んでいた。

　近頃、新左衛門に奥羽秋田の実家から急ぎ帰るようにとの便りがあった。

　秀頼の住む大坂城からはよからぬ噂が流れてきていた。徳川幕府内も家康の心の内を知っていた。立ち上る煙が燃え盛るのは家康が望んでいたことであり、充分にその動きも察知していた。東西再度の衝突は、お互いの身の回りの動きにも顕わになってきていた。

佐竹藩としては、先年の関ヶ原の戦いでの失策が頭にあった。源氏の正統であることも意識していた。源義家、義光の血を引く直系の我が佐竹一族の、将来への継続を第一に考えれば、近々にも展開されそうな東西を分ける戦が起これば徳川幕府に弓は引けない。徳川の意に従わなければ佐竹藩は潰れてしまう。この度はどのようなことがあっても東軍にあって目覚ましい軍功を上げて、佐竹藩の存続と将来の安定を掴まなくてはならない。佐竹義宣としては既にその意志を強く顕わにして、幕府側に忠誠を誓っていた。徳川への忠誠の意思表示とともに、大坂方の隠れた情報も得ていた。

一族の将として汚名は被ったとしても、身内一党の生存を重視していたからだ。戦の用意は万端漏れなく整えなくてはならない状況となっていた。それを見越しての軍事訓練、兵員増強は藩としては捨て置けない重要な課題であった。

佐竹藩としては武芸に秀でた信太家は、実戦型の藩士として必要としていた。この度の戦においても活躍が望まれる家系であり、それとなく藩士への指導と実戦力強化が望まれていた。秋田の地でも噂に上る剣豪、信太新左衛門の帰国を促してきたのだ。新左衛門としてもこれには素直に応えなくてはならない。帰国の時期は奥羽の雪解けを待って、春先になることを周りに告げていた。

帰国準備

上州の冬の便りは赤城山の山頂から訪れる。既に中腹までの積雪が見える。

正月を迎えるべく各農家は多忙を極めていた。江戸表の正月の準備に必要とする食材や飾り物の種類も多種多様。その求めに応じて多くの食材などが出荷されていた。また、上州地域の農家では農産物ばかりでなく、多量の薪炭を集荷しその搬出作業に追われていた。江戸表に搬入される積荷の七割はこの薪炭で占められていた。

毎年のことながら江戸表への出荷は江戸湾に流れ込む利根川の荷舟に集中する。荷の発着するこの地域全体が、一年の内でも一番の稼ぎ時を迎えていた。

利根川に繋がる粕川周辺も変わりなかった。一傳流道場の門弟達は、農耕牛馬で曳く荷車で一斉に船着場に向かう。船着場は混雑を極めていた。利根川川岸の船着場などは、何処を見ても忙しい状況である。利根川の水量は豊富であり、帆も活用して船の航行は順調であった。当然、新左衛門も皆の先に立って農耕馬の轡（くつわ）を取って荷を運んでいた。

年が変わりこの土地で最後の正月を過ごすと、春の装いに合わせ奥羽に向かって旅立つ新左衛門である。梅の花が満開になる頃だから間もなくだ。親しんだ浅山一傳流道場とは永の別れになる。

この地に大した目的もなくぶらりと来た頃のことを思い出していた。この道場に来た頃の自分はまだ子供だった。あの頃の自分は何を考えていたのか。この道場を甘く見て住み着いた頃のことを思い出し、新左衛門は含み笑いを浮かべていた。

関宿周辺で腹を減らして彷徨っていたのは、剣術修行も未熟な時代。常に彼方此方と身体中打撲と擦り傷が絶えなかったが、今思えばあの頃が一番辛かったのかも知れない。しかしそんな思い出も懐かしい。

また、家を飛び出す以前の常陸海（霞ヶ浦）の湖岸に思いは戻る。忘れていた懐かしい家族の顔が浮かぶと同時に、思い出す古里は常陸海に接した信太の里であった。今は他領となり二度と足を踏み入れることはなかろうが、今、帰宅を考える時には常陸海の景観が思い出される。しかしこれから向かわねばならぬ実家は白い雪に覆われた世界だ。新左衛門には想像もできない北国の奥地、奥羽国とはどのような所なのか。今まで見たこともない北の果ての地、荒涼とした地を思い浮かべる。深閑とした原野、深く白い雪の世界だけしか想像できない。そこでは家族の皆が生活して、自分を待っているのだ。

それでも帰宅が決まれば一日も早く帰宅して懐かしい家族に会いたい。新左衛門も今では大人の目も持ち、腕白時代の自分を顧みるだけの余裕も生まれた。そんな彼でも、北国での生活は未知の世界。家族の顔と雪国の景色を思い描きながら、この地を離れる準備を始めていた。

帰国に関する諸問題については本人もあらかた整理はついていたが、新左衛門の胸を大きく圧している問題が一つあった。この問題が胸の内で大きな塊となり際限なく膨らんでくる。それが整理できず暗澹とした日々を送っていた。

抑え切れないのは結へ想いであった。武家社会の仕来りとして、特に跡取りの立場にある新左衛門の婚姻は己一人で決められるものではない。家長の意思が何よりも優先される武家社会では、本人同士の好き嫌いなど二の次にされる。新左衛門としては、この悩みを誰かに相談することもできずにいた。

ところが、新左衛門には結を目の前にして打ち明けることさえできずにいたのだ。既に結という女に心を掴まれてしまった新左衛門である。帰国を前にして、一日とて結の傍を離れることは新左衛門には考えられなかった。秘められた一傳斎の血筋から来るものか、生まれながらにその技を引き継いだような結の剣術である。

今日も一日置きにやって来る、結の小太刀の稽古日だった。いつも栗毛の裸馬・利根に乗ってやって来るが、その手綱捌きも優れたものである。最初は女なのだから剣術に日がな一日費やさないで、少しは女らしい手習いをしてもいいのにと思っていたが、最近はそんな結にも変化があるような気がする。結という女の奥深い秘められた何ものかに、新左衛門は惹かれるのである。女の鍛えられた姿態とその動きの美しさに目を見張る新左衛門であった。

結は、新左衛門の指導を受けるようになってから、自身の生活態度も大きく変わっていた。そして、自分自身が女であることを強く意識し始めていた。

道場破り

結の指導が終わってから、馬に乗って帰っていくその手綱捌きを見るともなしに見ていた。馬の背に乗る結の臀部の丸みは、女であることを顕わにしていた。

茫然と見送る新左衛門の傍に、道場にいた若い弟子が寄ってきた。

「師匠、道場破りが来ました。無宿牢人と見える男達三人です。手合わせを申し入れてきましたが、如何致しましょうか。今日は主も留守で時間も遅いですし、道場での打ち合い稽古は終わったと断わりましたが、遠方よりわざわざ指導を受けに来たのだ、是非お受けして貰いたいと強い申し入れで動く様子がありません。こちらも強く断ったのですが聞き入れません。私どもでは手に負えませんが、如何致しましょう。できれば師匠にお話しして貰い、断って頂きたいのですが」

話を聞いた新左衛門は分かったと言いながら、馬の背に乗った結の姿を断ち切るように視線を戻し、道場の玄関口に向かった。

玄関口で一目見て、これはまともな手合いの牢人者ではないと見抜いた。見ると三人の男は横並びに立ち横柄な態度で、真ん中にいた一人が腕組みをしたまま軽く頭を下げた。

「これは代理の先生、道場主がいないのであれば師範代を務めるその方でも良い。弟子に申した通り、一手ご指導にあずかりたいのでお願いする」

新左衛門もまだ若い。それに今は悩み事を抱え気分はすっきりという状態ではない。また、今日は早めに帰ろうとしていた矢先で、胸の内では相手をすること自体が面倒臭いと思った。若い者が断ったことだし同じ言葉で対応しなければならないと思ったが、少々荒い言葉になっていた。

「遠路、わざわざお越しとのこと。しかし当道場にも決まりがあります。他流試合の申し入れは前もって、三日以前に申し入れることになっているので、当道場の規定に従って貰いたい」

と断わったが、何か自分の言葉にも棘があるなと、幾分拙い対応は自覚していた。相手はその気色を感じ取っていた。

「一傳流道場主が留守なら、師範代を務める者が対応するものであろう。俺は道場主に申し入れているのだが、道場主がいないとは疑わしい面もある。いるのだろうがまあそれもよい。道場主が改めて今日の申し入れを断わるというならば、それなりの考えもある。しかし、貴様の話、俺は聞けないぞ。今日は主が本当にいないのなら、道場主の指導は三日後でもよい。しかし貴様も先生と言われる立場の者と見た。今日のところはお前との一手の立ち合いで引き下がってもよいと思うが、立ち合いに応ずるか」

　三人の牢人達はかなり自信があるのか極めて強引だ。また見たところ、彼らは長旅で金に窮しているのか、今日は今夜の宿銭と草鞋銭が目的らしいと新左衛門は見た。どうせ三日後に立ち合うのは自分だ。三日後のことなど考えたくもないし、今の自分の気持ちとしては他の悩み事で正常な心境ではなかった。

「道場の規定で、今日は門人以外の者は道場の中に入れることはできない。その方の申し入れ、今ここでと言うのなら俺が一手だけ相手致そう。しかし道場外になるがそれでよければ。また一つ申し添えておこう。道場外ということは行きずりの立ち合いと同じだ。立ち合いで万一怪我などあっても行きがかりに起きたこと、怪我はお互い自分持ちということでよかったらお立ち合い致そう」

　新左衛門としては普段は使わない言い回しであった。帰国に対する悩み事を抱えてのはらいせか。道場の外でということは、単なる申し合いの試合ではない。真剣を持ってではないが、取りようによっては真剣勝負と変わらない喧嘩腰の物言いである。果たし合いと変わらない新左衛門の申し入れに、さすがに相手の顔色が変わった。

　まさか道場側が受けるとは思っていなかったのだ。今日は草鞋銭を少し貰って帰り、一押し押して三日後の立ち合いも多めの金銭で済ますものと考えていた。牢人達とすれば、目の前にいる男が強くとも師範代に近い高弟程度と考えていたのだ。その若者から予想しなかった立ち合ってもよいとの言葉。まだ若いが、余程腕に自信がなければ他流試合は受けないだろう。

牢人側としては予想しない事態となった。一番か二番目の弟子ぐらいと見ていた新左衛門から、逆に挑まれた感じの立ち合いである。色を失う牢人達だった。

「お相手はどちら、木太刀の長さは如何ほどのものをお望みか。門人に持ってこさせますから」

ここまで言われれば、今更止めるとは言い難い。三人は顔を見合わせ、無言の内に誰が立ち合いをするか決めかねていた。当然に立ち合いとなれば相手は目の前に立つ当道場の代稽古程度の弟子だ。この立ち合いに勝っても道場破りにはならないが、ここは一気に破らないと、のちの道場主との立ち合いは申し入れられない。この代稽古を叩きのめしておけば、三日後に道場主も恐れをなして立ち合いを断わってくるだろうから、当然に草鞋銭は多くなるだろう。

さて、三人の内の誰が立ち合うのか、やはり一番自信のあるのは先程から啖呵を切っている者と思う新左衛門であった。だが相手側は簡単に決められない様子である。改めて新左衛門の技能を値踏みしている風である。新左衛門としては、一人で世間を歩き回る侍にはものに動じない優れた武芸者はいるが、徒党を組んで押し歩く手合いはまだ一流に達していないと見ていた。

「お侍、どうなさる。田舎道場と舐めてかかりましたか。それとも立ち合いを申し込んだ、そなたですか。それともこの場はお逃げになられるか。如何」

新左衛門のこの言葉は正に挑戦だ。これでは立ち合いを断ることはできない。これまで口を利いていた男、そこまで言われたら武士として後へは引けない。それを見て更に新左衛門が「お決まりの様子。木刀の長さは幾らにします」と聞いてきた。使用する木太刀の寸法まで聞かれては、尚後ろに下がるわけにはいかない。渋々と「四尺」と口にしていた。新左衛門はそれを聞いて、脇にいる若い門弟に向かって指示した。

「俺は三尺でよい、持ってこい」

お互い予期せぬ立ち合いに、真の心構えはできていない。

庭に出て、立ち合い前、相手は木刀を手にしてその強度を改める様子。足場を確認し、双方共に対面した。新左衛門が、

「それでは遠慮なく行きますが、この立ち合いに、手加減は甚だ難しいことはお分りですね」

と言われても、相手は今になっては後に引けない。お互い初対面であるので相手の腕の程度は分からない。当然、最初の姿勢は青眼に構えてから相手の動きを見る。渡された木太刀を手にして、男は履いていた草履を脱ぎ捨て裸足になっていた。

代稽古の立場にある新左衛門の自信に溢れた姿勢は、牢人どもからすれば戸惑いを

感じる。だがここまで来てしまえば、敵対する者としての強い意志が湧き、燃え上がる闘志の気構えがその目に見えた。他の二人の牢人が後ろに下がった。

　この者らは今までも各所で同じようなことを繰り返し、荒し回って旨い汁を吸い草鞋銭稼ぎを続けてきた者達であるが、それなりの腕は持っているのだろう。油断のならない相手に対し、立ち合うと言ってしまった新左衛門は、庭下駄を履いたままの対戦であった。

　新左衛門が手にした木太刀は、全長三尺というと長脇差より少し長く、刃渡りは二尺二寸ほど。木太刀だから鞘があるわけではないのに、その木太刀を腰帯に確りと差し込んでいた。立ち合いの相手の青眼の構えに対して、短めの木刀を腰に収め、左手で刀の鯉口を少し先に突き出したような形で握った。握った木刀の構えは余りにも無防備だ。木刀とてお互い決死の立ち合い、打ち所が悪ければ死に繋がる。新左衛門の構えは相手をかなり舐めた対応であった。

　場所は道場玄関先の庭だ。河原から運んできた細かい玉砂利を敷き詰めた足元、動く度に足元の砂利が鳴く。二人の間合いを取っての構えに、たちまち近くの野次馬達が大勢集まってきた。誰が見ても道場破りと言うよりは、草鞋銭のゆすりと言った方がこの場に合う。相手は予期していなかった今日の立ち合いに、自分自身を励ますように「行くぞ」と、大声をかけながら一歩前に出た。

だが新左衛門が動かないため、二人の間合いは二間と狭まってきた。傍で見ている分には牢人者が打ち込めば、新左衛門はそれを受け止める体勢に見えるが、相手がなかなか打ち込めないところを見るとそれなりの腕は持っているようだ。向かい合った相手の木太刀の動きがないため新左衛門は静かに、相手の打ち込みを待っている様子だ。

お互い当初の姿勢のまま四半時ほど経っていたが、未だ共に動く気配がない。無精髭に覆われたその顔には焦りが感じられ耳の辺りに汗が滲んでいた。新左衛門は、相手の顔の動きにそろそろ来るなと察していた。自然と右腕の木刀が静かに前に延びていく。

それを見て牢人の木太刀が動いた。他で見ている者からすれば、目にも留まらぬ速さで、肩先まで振り上げたと見えた時は、四尺の木太刀が素早い速さで右からの袈裟懸けで打ち込んできた。相手の木太刀のその速い動きは只者ではない。浪々の身で白刃の下を潜り、諸国を歩き鍛えたそれなりの達人であった。

新左衛門が肩先深く打ち込まれたと思った瞬間、新左衛門の木太刀が瞬時に勝っていた。身一つ動かさず正に瞬間的気合、目にも留まらぬ一瞬の出来事であった。その木太刀を弾き、そのまま相手の刀身に沿って切っ先を滑らせるようにして、柄（つか）を握る籠手（こて）を打っていた。牢人の木太刀はそのまま本人の足元に落ちた。勝負は決まったようだ。

相手は呆然として立ったまま、暫くしてから「参りました」と応えて頭を下げ後ろに数歩下がった。そのままその場に立っていれば二の太刀が襲ってくるのを避けるためでもあった。さすがに素早い形で後退していた。新左衛門がその気になって二の太刀を振り込めば、相手は空身であるから好きな所に打ち込める。しかし新左衛門は身動きもせず、そのままの姿勢で「次のお方、お二人一緒でも宜しいが、立ち合いますか」と声をかけると、二人共に戦う意志はない。身構えたが、足は二歩、三歩と下がっていた。新左衛門が「あとの申し入れは」と聞いた。

「私どもは、今日のところはこの場で結構。またの日に改めて」

「それでは、道場の規定に習ってこの場の指導料を一両頂きたい」との新左衛門の言葉だが、三人にはそのような金の持ち合わせはなかった。

「今日はあいにくと持ち合わせの金がない。この度の授業料はのちほど届けるのでお待ち願いたい」

と言って静かに数歩下がると、向きを変え逃げるように小走りに退散していった。

新左衛門はにたりと笑い、門人達に向かって、

「見ていたか。今のは俺の新刀法の居合い抜きの一種だ。握った太刀より、空いている左手の動きが相手の気を散らす。右手の太刀はその一瞬に打ち振れば、その気合に

相手は対応できない。そのようなものが立ち合いの中にはある。居合い抜きは単に太刀の動きではない。腰元より発する気合にある。多くの者は太刀の動きに気を取られている。体の中心である腰より発する気力が読めれば、自然と相手の動きが分かる。剣術とは剣捌きだけではない。腹底にある心胆と、頭の閃きによる一瞬の機敏さが勝敗を決する。皆もよく覚え研究しろ」

と言いながら、笑顔を取り戻していた。

女は女

結の家は二里ほど西の方に離れた大胡（おおご）の城下町にある。城下一番の料理屋の娘の結は何の不自由もなく育った我が儘娘。家では人の言うことには余り耳も貸さず、自由な振る舞いで家の者も手を焼いていた。それでも料亭の主である母にとっては可愛い娘であった。普段から気儘にさせて小言も言わないが、結は意外と母の言うことはよく聞いた。

母の千代は元々その料亭「千代松」の娘として育ち、現在は女将をしている。その母の義理の父親であり一傳斎一存の親友であった松吉が、実は一傳斎から頼まれて開いた料理屋である。松吉は一傳流の上級剣士でもあった。千代は松吉の実子ではなく、一傳斎と於信という娘との間にできた娘であり、於信の死後松吉夫婦に引き取られ実の娘として育てられたのだった。このことについては誰も知らない。

この家は女系により引き継がれていた。その娘が結であり、松吉夫婦の意志により女の身でありながら武芸の道を究めていたのだった。結は、女だてらに浅山一傳流小太刀の技を引き継ぐ変わり者の女剣士として名が通っていた。

母の実の父は浅山一傳斎であるが、義理の父親となった松吉は道場の世襲者とも思われていた門人である。二代目道場主山崎十右衛門を凌ぐとも言われた男であるが、過ぎし日までは浅山一傳斎道場において山崎十右衛門と共に道場で師範代を務めていた男だった。

勝手気儘な結の道場通いは誰も止めることはできない。むしろ、一傳斎の娘である母親からは子供の頃から手解きを受けていた身、小太刀を持ってはその辺の剣士に敗れることはなかった。

結が母にねだって買って貰った愛馬に乗って通う道場は浅山道場。早くから厩橋の馬市場で目をつけていた栗毛の馬は、鼻筋に通った白い線が精悍さを表していた。付けられた名は「尾根」で、買値は安い馬ではなかった。普段は何処に行くにもお転婆娘の結と一緒だった。裸馬に刺し子で彩られた掛け布一枚で乗馬。長い間乗っているとお互いの肌のぬくもりを感じ、人馬一体となって心も通い合う仲だった。若い娘の朝駆けの姿などは地元の話題にもなっていた。

その結がこのところ急に変わってきていた。今までめったに顔を出したこともないのに、突然、店の板場に来て店の人達に丁寧に頭を下げたり、板長に挨拶しながら板場の手伝いをしたりする。板長にすれば何とも扱いにくい娘である。また、今まで見たこともなかった庭掃除から家事手伝い、縫い物も座敷女中相手に始めたのだ。そして人並みに、今まで見向きもしなかった茶道、書き物、生け花まで、急に人が変わったように女の嗜みとして習い始めたのだ。今まで母から何度言われてもやらなかった、女としての嗜みを真剣にやり始めたのである。

これには周りの者も、当の母親も奇態なことがあるものと娘の変化を見ていた。母は当然そこに異性の存在があるのを意識していた。相手は何者かと、それとなく注意して調べてみると、浅山道場内の信太新左衛門の名が浮かんできた。道場主の十右衛門を呼び出して詳しく新左衛門のことを聞いてみると、身分も士分で優れた武芸者であると分かった。

別に本人同士が好いた惚れたと、淫らな話があるわけではなさそうだが、彼が西国から帰国してから結の行動が大きく様変わりしたのだ。新左衛門から新たな剣の指導を受けている話は聞いている。その指導を受けに道場に通う結の姿に変化を感じ取った母である。母としても結も女であったかと悟り、自分も若い頃は人の忠告など聞かなかったなと思い出し、苦笑いしていた。母の千代も自分勝手に、気儘に生きてきた人間である。悪い人でなければ良いと娘の自由は認めていた。事実、結の母である千代も正式に祝言をあげたわけではない。両親とも血のつながりはない、養子であることを最近知ったのであった。

千代松としての真の願いは、修行に出ている結の弟もいるが、結に婿を取って手元に置くのもよい、と考えるのは何処の親とて同じ思い。だが我が娘に好きな男ができて何の不思議もないと、何かほっとする気持ちもあった。一度、信太新左衛門という男に会ってみたかった。その男が目に適えば、娘と遠く離れて寂しくなるが反対はしない。娘も一人前の女に育ったことを喜ぶ気持ちであった。

今日も新左衛門は道場の脇でいつもの通り、結の小太刀の指導をしていた。道場脇の庭の片隅での指導。四半時余りで結の道場着は既に汗に濡れていた。襟を合わせたはずの胸元は、激しい動きによって一瞬はだける時があった。その瞬時に見せる白い胸元に目を奪われ、命に関わる剣の指導を忘れてしまう。結の汗に濡れた肌身に幻惑され、新左衛門は一時現実を見失うことがあった。

その途端、手加減のない結の強烈な一撃を受け、痛さに耐えねばならぬのは誰しも変わらない。厳しい激痛に耐えなければならなかった。結は、新左衛門であれば打ち込んでも、当然我が剣は弾かれるものと思っているので手加減はしない。

結の小太刀の打ち込みは真剣なものである。加減なく打ってくるその木刀の一撃を肌身で受けたとなれば堪らない。場合によれば打ち身となって腫れ上がったり、骨折もあり得る。今、その小太刀を受け損なって、まともに我が身に受けた新左衛門、さすがに呻き声に似た声を発していた。

あり得ない新左衛門の呻き声には結も驚いた。今までどのような打ち込みを掛けても、新左衛門が我が小太刀を身をもって受けることはなかったからだ。たまに小太刀が滑り軽く打つ時はあったが掠る程度で、痛さを訴えることはなかった。新左衛門の呻き声は極めて珍しい。結は慌てて、

「師匠御免なさい。今の打ち込み、大丈夫ですか」

結の労わりの言葉は、誰もが聞き慣れぬ声であり意外と優しかった。新左衛門は腕の痛みに耐えながらも男の辛さ、何事もなかったような態度を見せていた。痩せ我慢して素知らぬ顔で応えた。

「大丈夫。今少し、この場に関係ないつまらぬ考え事をしていた。このようなことがあってはならぬ、結殿の一撃を受け損なっているようでは俺も未熟者だ。俺の体のことは心配せずともよい」

と言いながらも、左の二の腕に強い痛みと痺れを感じていた。滲むように出てくる冷や汗をそっと拭った。

結は、新左衛門が何故汗を流すのか気付かない。それからのちも結の打ち込みは暫く続いたが、二人の修練には気合の言葉以外は沈黙が続いていた。結の小太刀が新左衛門の左の二の腕を襲った時は、彼が小太刀の稽古中であることを一瞬であったが忘れていたためである。結の女らしい姿態の動きに気を取られ、立ち合い中であるにもかかわらず、全くの無防備であった。

「今日は参った。結殿はここの門弟の中でも上位に位置する腕を持っている。その結殿のお相手をしているのに、我に大いに油断があった」

結はそう言われ顔を赤らめていた。暫くその場に立ったまま、滅多にない汗を拭く新左衛門の様子を見ていた結が、突然、真面目な顔をして声をかけた。新左衛門の全く想像にないことを言い出したのだ。

「信太様、今夜私の家にお越しになりませんか。我が家で美味しい物をご馳走しますので、是非お出でください」

突然の話であり、新左衛門は驚いた。いつかは結の住居を聞き出そうと思っていたので、突然の誘いに驚いたものの、それでも笑顔を浮かべ、

「美味しい物を食べるのは大いに歓迎だが、まだ、そなたの住まいがどの辺にあるのかも知らない。誘われても行きようがないではないか。いつも結殿は馬で来ている様子だが、そなたの家は近いのか」

と聞いていた。最近は慣れもあってか、二人の会話には打ち解けた親しみも増し、結の言葉も軽くなっていた。

「それほど遠くはないのですが、ここから馬で駆ければ四半時。二里程度の大胡の城下、少し急がせれば半時はかかりません。私が乗せてゆきます」

言っている結の顔は何故か楽しげだ。また新左衛門も結の家には興味があった。

「そうですか。そなたの馬は裸馬と聞くが、それは本当か。その馬に乗せていくというのか。結殿、大丈夫なのか。俺も裸馬は子供の頃には乗っていたが、随分乗ってない。二人で乗るには鞍のない方が乗りやすいが、馬の方が嫌がるぞ」

と言いながら、新左衛門は二人で乗った時の姿を想像し、心の中では大いに期待した。

「私も馬も大丈夫ですよ。帰りも送ってくればそれで済みます。それとも屋敷の馬を借りますか。私が話しますが」

ここで道場と屋敷における結の我が儘が顔を覗かせる。屋敷では、結の言うことなら何でも聞くだろう。屋敷の馬なら鞍も付いているし、帰りも送って貰う心配はないが、二人乗りの裸馬の方が新左衛門としては望ましかった。新左衛門は少々淫らな姿を思い描いていたのだ。しかしそれに関しては、新左衛門としても言葉には出せない。

結果、話は結の家に行くか行かないかの話ではなく、既に二人の間では行くことを前提に話は進んでいた。そして結局、二頭の馬で並んで出かけることになった。新左衛門が結の馬の後ろに付いて行った。先に行く結のお尻の辺りに目が行くのは何とも仕方ない。

新左衛門は西国修行の旅から帰ってきて、結という女から逃れられない男になっていた。結と接する機会が増えるにつれ、今までなかった異性を意識する気持ちが強くなり、何とか断ち切らねばとは思うもののそれができない。小太刀の指導をする機会が重なる度に、心が結の持つ魔性に引きずり込まれていくような感覚になり、抗することのできないその思いに苦しんでいた。結から身を引かねばと戒めてはいたが、逃れられない新左衛門であった。

一途な新左衛門の感情の高まりは抑え切れない。自分自身をだらしのない男と認めるも、結への想いを留められなくなっていた。結の誘いに乗ってすぐに行くことになったこと自体が、新左衛門の現実であった。

馬上の二人は西方の大胡城下に向かっていた。赤城山麓の裾野の姿がそのまま残る地形は上り下りが多い。その道を半時ほどで大胡の城下に来ていた。その大胡城下から余り離れていない所に建つ大きな料理屋の前に着いた。大きく下がった暖簾には「千代松」の文字が見える。大きな茶屋というのか、のちの時代で言えば割烹料理の店舗である。その前に結が馬を停めたので新左衛門は驚いた。入り口の脇には馬繋ぎの柵が並んでいる。この店では当然それが必要なのだろう。それは武家など馬で来る客があるということだ。

「お前の家はここか。料理屋ではないか」

驚いていると、店脇の待合小屋の中から年配の爺やが出てきて、腰を屈めながら、

「姫様、お帰りなさい。今日はお早いお帰りですね。また珍しくお連れがいらっしゃ

るようですね」

と言って、丁寧に利根の手綱を受け取りながら出迎えた。まだ若い馬は走り足りないのか、爺の手綱取りを嫌がって首を振っている。その馬の轡を取って爺が馬の機嫌を取りながら厩に誘い込んでいった。

新左衛門も馬から下りて、その手にする馬の手綱をどのようにすればよいか、その場にぽつねんと立っていた。利根を厩に収めた爺が、手綱を持って立っている新左衛門を見てから、不思議そうに結の方を見返した。結は少し遠慮するように爺に向かって、

「爺、このお方はお客様なの。奥にご案内するよう知らせて。そして、母に大切なお客さんをお連れしたと伝えておいて」

と言うと、爺は驚いたような顔をして「分かりました」と応えたが、今まで男には縁のない娘と思っていた結である。不審そうな顔で納得はしていない様子。見慣れない新左衛門の姿に何処の男なんだ、と思っているのがその態度で分かった。

新左衛門は遠慮がちに、その爺に馬の手綱を手渡しながら店の暖簾を潜った。駆けつけた座敷女中の案内で、広い庭の眺められる廊下を歩き、続き部屋の横を幾つか通り過ぎた。そして奥の立派な部屋に案内された。床の間に違い棚付きの、大名の座敷みたいな豪華な部屋であった。案内されたその部屋に驚き、立ったまま部屋の造作な

どに見入っていると、間もなく廊下の障子が開いて年配の女性が両手を突いて出迎えた。新左衛門は驚き慌ててその場に座り、その女性に向かって頭を下げた。結の母親ではないかと見た。

その女性は暫く新左衛門を見つめていたが、静かに、

「いらっしゃいませ、結の母です。娘からは何の前触れもなく、急な本日のご招待でして、行き届かずに、お迎えに出ることもなく大変失礼致しました。ごゆっくりとお寛ぎくださいませ」

丁寧な挨拶を受けて、新左衛門は畏まりながら言葉もなくただ頭を下げていた。新左衛門にはこのような場合の対応に、全くと言っていいほど心得はなかった。少し遅れて遠慮がちに、喉に声を絡ませ、低い声で、

「この度、結殿よりお招き頂いた者。拙者、浅山道場において修行中の者で、信太新左衛門勝長と申す。この度は、何も分からぬままに結殿に誘われ、遠慮もせずご招待を受けましたもの。大変お世話をおかけ致します。私も深く考える間もなく、お言葉に甘えてしまい、大変ご迷惑をおかけ致します。よしなにお願い致します」

意味もあいまいな挨拶、自分が何を言っているのか分かっていない。

結の母親は、大きな料理屋の女将を務めるだけあって立ち居振る舞いに艶がある。挨拶が済むと、笑顔を見せながら座敷には入らずにすぐに下がっていった。

間もなくお茶が出てきた。新左衛門はそれを憚ることなくゆっくりと味わいながらも、今ここに座っていることに不安を抱き落ち着かなかった。ここは田舎侍の来るべき所か、自分の身分でこのような部屋に招かれて、このまま座っていてよいものか。新左衛門としてはどっしりと座っていたが、いらざる不安が過ぎる。

暫く待っていると、やがてこれが結かと思えるような、艶やかな衣装に着替えて部屋の外に現れた。良家の娘のように控え、両手を揃えて丁寧に挨拶をした。人が変わったような挨拶である。その挨拶を受ける新左衛門に声はなかった。

「この度は不躾にも、無理なお誘い御承諾頂きましてありがとうございます。お口に合うか分かりませんが、今宵はゆっくりとお寛ぎ頂きたくお願い申し上げます」

改まっての丁寧な言葉に、何と返事をしてよいか新左衛門は困惑していた。いつも道場で小太刀を振るう結の姿ではなかった。予想になかった対応に戸惑い、脇の下が濡れてくる感じである。それでも自分を取り戻し、新左衛門としては、この場は一度遠慮しなければならないと考えた。

「結殿、このようなお座敷へのご招待、真にもって有り難きことなれど、私にとってはこのような席は初めて。如何なものかと思っている。このような立派な席でのお招きは、私にとっては身分違い、いささかお受け致しかねる。簡単な夕食のお招き程度と思って付いて来たもの。我が懐中に持ち合わせもなく、真に迷惑至極。今夜はこのまま帰らせて頂きたい」

　と頭を下げるが、既にこうして座敷に座っているのに、実に頑なな応えとなってい
た。

「信太様、私に特別のご接待の気持ちはありません。ささやかな田舎料理の夕食。今更ご遠慮されては、いささか私も店の者も困ります」

　慌てて哀願する様子。新左衛門も言葉では接待を断わっていながら、体はその場に座り直していた。今になって、目の前に出されるご馳走に対する期待感の方が大きいのか、新左衛門は言葉ほどに遠慮することなく、その場に腰を落ち着けていた。

　結局は言い訳程度の言葉であって、結の指示に従わざるを得なかった。新左衛門にとってはこのような席での接待は、真実生まれて初めてのことであった。腹を決めて、遠慮は抜きにして揃えられた席に腰を落ち着け、客室付きの女中の酌を受けることになった。出された杯を手に酒を注いで貰おうと手を前に出した時、打たれた腕の痛みに思わず杯を落としてしまった。それを見ていた結が驚き、

「信太先生、大丈夫ですか。その腕見せてください。痛みが酷いようなら手当てをしなければならないと思います」

　と言って急ぎ座敷を出て行った。打ち身に対してどう対処すべきかは結も分かっていた。母に話してすぐに晒し布と塗り薬を持ってきた。そして、結は新左衛門の脇に

どっかり寄り添うようにして腰を落とし、「御免なさい」と言ってから左の袖を手操し上げた。赤く腫れ上がった腕を見て驚き、結は早速女中に水桶を持ってこさせて冷やし、丁寧な手当てをした。

新左衛門は頭を少し下げながら、目の前で動く結の髪の毛を眺めていた。指導した時と変わらず、おさげ髪を後ろに纏めて巻き込み、朱塗りのかんざしを差し込んで乱れを止めていた。簡単な髪型から匂う仄かな香り。今まで嗅いだことのない良い香りに迷わされたものか、新左衛門は身動きできなくなり金縛りにあったような気分だった。

結が今までになかった気軽な仕草で新左衛門の肩に触れてそっと練り薬を塗り、丁寧に晒しを巻いた。

「先生終わりました。痛いのは我慢してください。頑丈そうな腕の打ち身の跡、暫く痛いでしょうがお許しください。予期しない先生の怪我の処置で時が経ってしまいました。料理の味が落ちてしまいましたが、我慢してお召し上がりください」

と言われて、新左衛門は嬉しそうにお膳を引き寄せた。一本の徳利は冷め切っているが、新左衛門は元々酒は好みではない。目の前の食べ物、今まで食べたこともないものばかりだ。早くも遠慮なく食べて腹をいっぱいに膨らませていた。目の前にいる結の普段にはない艶やかな姿、はにかみながらのご相伴に、新左衛門は浦島太郎の話を思い出して大満足だった。

腹はいっぱいになったが、新左衛門はこのような場所に合わせた世間並みの話題は持ち合わせていない。膨らんだ腹部をそっと撫でながら、これ以上長居しても身の置き所に困り、時間を持て余していた。

普段は物騒な武術の話が大半を占める新左衛門としては、この場にそぐわない知識しか持ち合わせがない。このような席で、このように多種類の美味しい食べ物を味わいながら、膳に載って出てくる魚の名前一つ知らないのだ。一般的な砕けた世間話や食べ物の話題など新左衛門にはなかった。出された料理は口にしてみれば全てがうまかったが、部屋の雰囲気が豪華すぎて多分に窮屈を感じていた。今日、このような席で語り合うにはお手上げの状態であった。

話の接ぎ穂がない新左衛門は、一時ほどして上がりの緑茶を頂くと、丁寧に今夜の馳走の礼を言いながら早々に帰宅する旨挨拶をしていた。幸い店は他の客で混み始めていた。その店の様子を良い機会にと、結の母、千代と店の人達に結を交えての見送りを受け、帰途に就いた。新左衛門の急ぎの帰宅の申し入れは、自身食い逃げみたいな感じとなった。

飲めぬ酒にほろ酔い気味の帰途となったが、辺りは既に闇の中で空は小雨模様となっていた。心地好い気持ちで馬上にあった新左衛門は、結のことが頭を占め、進める馬の手綱を操る方向もつたないものであった。しかし帰りの道筋は馬の方が明るい、黙っていても屋敷に向かって歩を進めていた。帰る道筋の明かりの点った人家が見える街道筋では、ただただ馬に揺られるばかりであった。

だが今日の結の態度を振り返り、何故急に自宅に招待したのかと、考えは更に深まる。頭の中は結のことで終わりはなかった。一日置きに道場で剣の指導を受ける我儘娘の真の目的は何だったのか。まさか、俺の姿を母に見せるための誘いではなかったか。今日は俺の品定めで、結は母の千代に俺という男を見極めさせようとしたのか。だが何のために、急にそのようなことを思いついたか。この俺に多少は関心があり、母の助言を求めるためだったのかも知れない。

この考えには新左衛門にも少しは自惚れがあった。何度か自分なりに否定しながらも、新左衛門は満更でもなかった。遅くはなっていたが、馬は間違いなく新左衛門を道場の厩に運んでいた。新左衛門は馬を降りてから道場の若者に馬を渡し、自分の宿である近くの農家へ、暗がりを気にすることなく気分良く向かっていた。

止宿先の農家の熊次一家は既に休んでいたが、戸は開いていた。自分の寝所に静かに入り横になって、今日の結の取った態度と千代松での自分の扱いに考えは戻っていた。食べたことのないご馳走にありついた腹はいっぱい。結の笑顔は楽しそうだったし、今日一日を思い出して一人微笑んでいた。

しかし新左衛門は数ヶ月後にはこの地を発ち、今まで見たこともない地の、故郷へ帰省しなければならない。大勢の身内の顔が浮かんでくる。暫くぶりに母の顔も浮かんでくる。家を飛び出した子供の時に戻り、母にすがりつきたい気分になっていた。雪国の久保田城下で年末を迎える母の忙しそうな姿も思い浮かぶ。その旅立ちに際し、心が重くなってくる。結の姿が浮かんできて奥州への夢を遮っていた。

今はできるだけ早く帰らねばならないと思うが、今日の結の取った態度はあれは何だったのか。結は何を考えているのか。

新左衛門には理解しかねるものである。自分に対する好意は感じられる。新左衛門としても我が儘娘の結は嫌いではない、いや大好きだ。今日の接待は結の問いかけなのか。自分を如何する心算か、と迫られた気もした。

今の自分の望みは、結を実家に連れて帰りたいとの思いだ。だがそれを我が胸に問うに、「それは無理な話である」と決めつけていた。武家社会の暗黙の取り決めに大いなる不満は感じていた。今までは自分の思いを強く振り切り、自身を無理矢理に納得させていた。しかしそれでいいのか。

結は俺に好意は持ってくれているようだが、あの我が儘娘が、あのような立派な母と離れ、遠隔の雪深い奥地へ行く気になれるのか。また結を連れて行けば、後に残される母親はどうなる。自分が結を連れて行くことは、結達親子の今生の別れとなるやも知れない。それを思えば母親も許すとは思えない。それにあのような恵まれた家庭に育ちながら、北の果ての気候も習わしも違う秋田の地で、武家の厳しい仕来りに素直に対応できるとは思えない。また、あの北国の環境にも耐え切れないだろうと考えた。連れて行くのは余りにも可哀想だ。結の立場を理解すれば、我が家に連れて行くのは諦める外ないとも思う。

考えはいつの間にか元の悩みに戻っていた。結の身を思えば自然と答えは出てくる。だがそう思えば尚更、結への未練が増してくる。汗にまみれた結の姿を思い出し眠れぬ夜となっていた。

奥羽久保田への旅立ち

慶長十六年（一六一一）、信太新左衛門は二十四歳、奥羽久保田城下の我が家へ旅立ちの日を迎えていた。

上州にも春が到来していた。赤城山頂には僅かに残雪が白く残っていた。浅山道場の庭や近くの農家に通じる農道の脇には、地元民の生活必需品でもある梅が、白や桃色の花も満開に近く匂いを放っていた。

新左衛門達の旅立ちの日の数日前には、結の実家、千代松の座敷では新左衛門と結の内祝いが行われた。道場の前では結の母親や千代松で働く人達と、道場や丑田屋敷の人達大勢の見送りを受けて、結の愛馬の利根と共に旅立つことになっていた。利根の背には結の身の回りの品と新左衛門の荷物が載っていた。

結は一人娘で我が儘ではあったが店の者達からは愛されていた。母の深い愛情とその一族に守られてきた結にとっては永遠の別れでもあった。母娘の別れの姿に新左衛門は心を痛めていた。肉親の生き別れは死別よりも寂しいものである。今初めて親子は強く抱き合い、そして普段見たこともない涙顔で見つめ合っていた。

新左衛門としては、その二人の姿を見るに大きな責任を感じていた。お互いに信じ合い、愛し合っていた母娘に今、何の憂いもなく幸せな環境にあった結親子にこのような悲しい思いをさせてしまったのだ。果たして新左衛門は将来結を今以上に幸せにすることができるのか、自信が揺らいでいた。そして強く我が胸に責任というものを自覚し、改めて誓っていた。

結の母としては、娘の嫁入り道具などの大荷物は後から送り届ける心算らしい。高く手を振る姿には、強がりの中にも寂しい母の思いが感じられる。今、共に元気な姿を認め合う母娘の別れである。今朝の母は確りとした身支度を整え、凛とした姿で愛する娘を見送ろうとしたが、これが最後かと思うと悲しみが込み上げてきて涙を抑え切れなかった。

一方、我が儘娘の結も涙を見せていた。利根の手綱を握りながら何度も振り返り、母に向かって下げたことのない頭を深く下げ、新左衛門の後に付いていた。村の外れまで来て、送る母達の姿も小さくなりやがて見えなくなっていた。

改めて新左衛門は、結があれほど恵まれた環境にあった我が家を捨てて自分との生活を選んでくれたことに感謝するとともに、罪深さを感じていた。

結は村を外れると、意外にも元の自分を取り戻していた。別れの悲しみを胸の奥に抑え込み、表向きは楽しそうに新左衛門の傍にぴったりと寄り添い、その手を強く握っていた。その行為は、親子の別れの悲しみを堪えているのだと感じ取れた。新左衛門はその結の心を感じ取り、涙が零れそうになって空を見上げ涙を抑えていた。

新左衛門は確りと結の手を握り返しているが、結の悲しみを感じ取り、確りと抱き締めてやりたい衝動に駆られていた。結は握るその手に力を入れながら利根の蹄に目を向けていた。顔を上げると今の気持ちに耐え切れず、湧き出る涙が零れ落ちるのを危惧していた。新左衛門に気付かれぬように足元に目をやっていたのだが、それでも落ちる涙は道の砂地に消えていった。新左衛門が空を見上げている隙に涙を拭き、そっと我が夫となった人を盗み見ていた。

二人共に悲喜こもごも、だが別れの悲しみが二人の喜びを超えることはなかった。

母達との別れの際の新左衛門の姿が眩しく見えたものだ。その腰には母の千代が旅立ちを前にして婿への引出物にと贈った、尾張で名の通った名刀、若狭守氏房の鍛えた太刀があった。この贈り物に新左衛門は大喜びであった。太刀を受け取り強く抱き締めてから、その場で自分の腰に丁寧に差していた。

今、その腰の刀に左の手を当てながら、「結と共に大切に致します。ありがとうございました」と頭を下げていた新左衛門の姿を思い出していた。結にしては言い知れぬ旅立ちの不安の中にも、新左衛門のそんな姿に喜びを感じていた。

その氏房の打った太刀は、当時として三十両は下らない銘刀で、並みの武士では手にすることのできないものであった。母親の娘を託す気持ちが強く表れていた。

七ヶ宿峠の山賊退治

結にとっては初めての旅であり嫁入りの道行でもあった。現在で言えば新婚旅行でもあった。浅山道場を出ると、二人は元気な利根の足並みに合わせて、見た目は母子の別れを忘れたかのように、幸せいっぱいの旅を続けていた。二人の仲も日を追うごとに深まっていた。

桐生、足利、渡良瀬川河畔を佐野から唐沢山城を左に望みながら、壬生で日光への街道から離れ宇都宮宿に向かっていた。宇都宮の宿では、昔から多くの人からの信仰も厚い二荒山神社にお参りをして、二人の生涯の幸せを願った。

宇都宮の宿を発って衣川（鬼怒川）を越えると深い原野の那須野が原を横切り北上、白河から須賀川城下、郡山、二本松を経て桑折（こおり）宿に着いていた。在りし日の祖父達を従えた佐竹藩の軍と伊達政宗との古戦場跡も、二人にとっては幸せ絶頂の気分で通過していた。

新左衛門としても初めての奥州路であった。向かっている実家には結を妻として連れて行くことは伝えていたが、それに関する返事はなく、早く帰れとのみの文だった。新左衛門としては結の件は受け入れられたのだと自分なりに解釈していた。

人通りのない山道では新左衛門は結の手を握っていた。今の気持ちとしては、結は実家への土産のような心算でいた。一日も早く家族の顔が見たい心境にもなっていた。

少しでも早い帰郷をと、人気はないが近道の峠道を選んでいた。桑折宿から奥羽山脈の七ヶ宿峠を越えて上杉米澤藩の領内に向かっていた。七ヶ宿峠のある山は深く長い道程、桑折宿から途中の峠筋の中間にある宿場は、関宿と言っても全部合わせても十軒とない。山中の山仕事を兼ねた集落の宿場であるが、そこを一気に通り抜け、女の足では一日では厳しいと言われる峠越えをしていた。

当時は佐竹藩等、日本海側寄りの奥州各藩の参勤交代の通路でもあったが、道幅は狭く多くは二間幅程度、手入れの行き届かない荒れた山道で人通りは少ない。それに加えて一番の難所と言われる所以は、この峠の道程が長く、旅人を悩ます山賊の出没が多いということであった。

多くの旅人が難渋するので、この峠越えをする一般人は少なかった。国境の山間地でもあり、境界の接する隣接藩同士としても、賊徒の取り締まりには余計な費用がかかり何の利益にも結び付かない。藩境の争い事でもなければ両藩共に動かない。それぞれ厳しい藩財政から、そのような所に金はかけたくないのだ。したがって賊徒側にしてみれば、商人達を狙っての荒稼ぎには最も良い稼ぎ場所なのだ。新左衛門達はそのようなことなど大したこととは思わず、一歩でも早く行ける道を選んでいたのだった。

桑折宿を暗い内に出て山道に向かっていた。二人にとっては気兼ねのない峠道を楽しそうに、愛馬の利根を労わりながら足を進めていた。利根はまだ若い、名馬と言われるだけあって元気も良い。天気にも恵まれて、何とか明るい内に山を越えて目的地を目指そうとしていた。

桑折の宿では宿の者から山賊の出没についての注意は受けていたが、二人にとっては大きな問題とは思っていなかった。峠の上り道は、結が利根の手綱を取り馬に曳かれるようにして山道を登っていた。

峠道の林の中、まだ桜の季節には早いが山間に咲く薄い桃色の花、八汐躑躅（やしおつつじ）の蕾がちらほら見えている。山の窪地には残雪が土埃を被り汚れた姿のまま各所に冬の名残を見せていた。二人は額に軽く汗を滲ませながら、険しい山道の七ヶ宿峠の中ほどまで来ていた。峠道を通る人は誰もいない。二人は誰に気兼ねすることなく、体を寄せ合ったり離れたりしながら利根の歩足に合わせていた。馬は自然に歩かせば人の歩きよりは早い。このままで行けば予定通りに、前夜の宿で教えられた旅籠を兼ねた農家の宿に着くはずだ。誰もいない大自然の中、二人は浮いた気持ちでいっぱい、静かな峠道を楽しんでいた。

小さな沢に沿うように続く沢水の流れを右に左にと、飛ぶように何回か越えていた。

峠の頂上は既に越え、幾分下り坂になっていた。両側に深く熊笹が五尺近い高さまで山道に覆い被さるように伸び、広くもない山道を更に狭くしていた。

峠道は元々二間幅ぐらいあったと思われるが、深い笹に覆われて一間半程度の道でしかない。峠の頂点を越えてくる春先の冷たい風は、道を急ぐ者の汗ばんだ体には程良い風であった。慣れてきた二人は共に爽快な気分で峠道を歩いていた。下り坂に入って速度は自然と早まるが、二人は初春の山中の森林浴を堪能しながら楽しく足を進めていた。

その時である。進み行く峠道の十間ほど先の熊笹が大きく揺れると、二人にとっては初めて見る異様な姿をした男達四人が道を塞いだ。一瞬驚き、利根の足はぴたりと止まった。何事が、と急ぎ利根の脇にいた結の前に新左衛門が進んだ。すると、今通ってきた後ろの方でも熊笹が大きく揺れ、同じような男が三人出てきて後ろに立ち塞がった。新左衛門達の前後を挟んだ形になったが、二人はすぐに話に聞いていた山賊と分かった。事情が分かればどうということもない。

賊徒側から見れば、現れた女連れの旅人二人、襲うには持ってこいの獲物。連れの女の器量も良く、宿場女郎に売れば上玉であり値は高くつく。馬も良い馬だ、その背の上に載る荷物も金目のものと目をつけての襲撃であった。それに、仮に反抗はあっても男はただ一人、襲う獲物としては持ってこいと見ていた。

一般的にはこのような場合、多くの人は男一人での峠越えはしない。他の旅人と集団で峠を越えていた。山賊に遭えば普通の男なら逃げ出す。逃げないと一番先に殺されるのは男だからだ。

新左衛門は旅歩きに刀を腰に差していると結構重いので、脇差一本が腰にあった。出てきた山賊達の中ほどにいる短槍を持った者が頭か、四人の先頭に立っている。結が素早く馬の脇に載せていた、新左衛門の氏房の刀を取って後ろから手渡した。新左衛門はそれを手にし、前に立つ槍を持つ男に注目していた。そして、「お前達は山賊か」と言いながら身構えると、その槍の男はにたりと笑うと、槍先を突き出しながら、

「お侍、逆らうと命がないぞ。その馬と女に怪我はさせない。そのまま黙って身を引けばお前の命までは取らない。お前がただ一人逆らっても命を落とすだけだ。さっさとここを立ち退いた方がいい。お前の返事次第では、この槍がお前の体を打ち抜くぞ」

仕事慣れした賊徒だった。新左衛門は結から渡された刀を静かに引き抜くと、鞘はその場で静かに手放した。

「やはりお前達は山賊の部類か。この峠を通る者は大変難渋していると聞く。俺も悪人とて人を殺めるのは好まないが、出方によってはただでは済まんぞ」

と、一歩下がりながら間合いを取る。一歩下がると利根の鼻面が背に触れるのを意

識したが、新左衛門は青眼に構えた。相手は少し驚いた様子だ。男が一人、荒くれの七人の野盗相手に戦う気でいるのに驚きがあった。この男は舐めてかかれないと見たか、一歩下がって威嚇するように槍を振るった。その時、馬の後ろの方で奇声が起きた。後ろ側についた賊徒の一人が「やられた」との声も低く、笹藪の中に倒れ込んでいくのが背後に感じられた。

その男、無用心にも後ろに回った結に掴みかかろうとして手を出した途端、結の小太刀の抜き打ちが左下腹から右脇下に走ったのだ。女とは言え結の小太刀の腕は尋常ではない。ここは道幅も狭く熊笹に覆われた山道、斬られた男はその笹藪の中に頭から突っ込んでいった。そのまま藪の中から断末魔に近い叫びを残し見えなくなった。その後ろにいた男も驚き、慌てるように刀を抜いた。

「この女(あま)、よくも仲間をやってくれたな。叩き斬ってやる」

武士くずれらしい。満面朱を濺(そそ)ぎ大太刀を抜いて振り被ったが、結の手にした小太刀には寸分の隙もない。一瞬相手は躊躇ったが、目の前にいるのはまだ若い女。たかが女の細腕と手にした小太刀に恐れることなどないと思ったのか、強引な袈裟懸けの一撃を振り下ろした。結はその一刀を一瞬にして避け、その男の懐に飛び込んでいった。小太刀を扱う者の心得だ。賊徒の身に張り付くようにして身をひねり、充分に男の心の臓に小太刀を突き刺していた。突き込んだ小太刀の手元から血潮が強く噴き出して、小太刀を持った結の手元から、着ている着物の袂に鮮血が降り注いだ。

一方、新左衛門は、結が相手を倒したのは声と物音で分かっていたが、目の前の男は賊徒の頭と見ていた。仲間の悲鳴を聞くと同時に、新左衛門に向かって必殺の槍が繰り出された。新左衛門は一瞬飛び上がり、その槍先を避けると同時に、忍法の修行で鍛えた足腰、相手の繰り出した槍先の柄に片足を掛けて飛び上がり、そのまま男の脳天目がけて名刀氏房を打ち下ろしていた。氏房の鍛えた一刀は良く斬れる。賊の頭は真っ二つに唐竹割り。斬られた相手は割れた頭から血を吹きながら、手にした槍を持って突き込んだ勢いのまま笹藪の中に突っ伏した。

その後ろにいた賊徒は、最初は槍の男の意気込みに笑みさえ見せていたが、その凄まじい光景に驚き、浮き足立って後退した。その男に新左衛門の太刀が襲った。逃げようと背を見せた後ろから右肩よりの袈裟懸けの一刀を受け、肩先から血を吹きながら逃げていったが、三十間ほど走った辺りでそのまま藪の中に倒れ込でいた。残った二人は逃げようにも足が竦み動かない。一人は崩れるようにその場に座り込み、刀を投げ出し這いつくばって手を突き震えている。他の一人はどうにか隙を見て一目散に逃げ出した。新左衛門はそれを見送ると、すぐに後ろを向いた。

結にとって残った賊徒は一人、仲間が簡単に斬られた姿を見て、既に後ろも見ずに逃げ出していた。その姿も遠くなると、結と利根以外、新左衛門の前に賊徒が一人残っていたが、その男も蹲って震えている。

結は新左衛門を青白い顔で見ていたが、暫くして傍に寄ってきて泣き出した。やってしまったことながら、結としては初めての殺人。結は今頃になって強烈な恐怖に襲われていた。新左衛門は傍に寄りながら強くその身を抱き抱えた。

「終わった、何処も怪我はないか。この悪い奴らにこれまで何人が苦しめられたか、こいつらは殺されても致し方ないのだ。それよりも俺達はこのような場所で余計な道草を食ってしまった。急がないと山の中で暗くなる。行くぞ、まだどれほどの道程があるか分からないし、急がないと陽が落ちる。こいつらは逃げた男とここにいる悪人が後始末をするだろう。四人は死んでいるが、残りの三人は何とか生きられるか。それも治療次第だが」

言い残すように捨て台詞を吐いた。

怒りをぶつけるように倒れかかった笹を蹴りながら、新左衛門達は急いで峠を下っていった。そして何とか二人は夕暮れ寸前に峠の出口の部落に着いていた。広くなった街道端に小川を見つけ、結は木陰で着替えをしたが、新左衛門は着替えを持っていない。新左衛門は着物を着たまま小川の流れで返り血を洗い落そうとしたが、着ていたものの大半が濡れていた。

新左衛門は濡れた着物のままだったので寒さを感じた。だがどうにか、桑折の宿で教えられた農家兼業の宿屋を探し当てた。宿の者も二人の姿を見て驚いていたが、事の顛末を聞きながらも、若くて美しい結の存在に気を許していた。その晩はそこに泊まったが、さすがに結も口数が少なく、晴れた気分にはなれなかったようだ。

翌日からは、湯原から笹谷峠を越えて天童に向かい、最上川右岸に沿うような形で羽州街道を大石田、金山、藩境の雄勝峠を越えて、佐竹藩の領内に入った。佐竹藩領地に入り、奥羽山脈から鳥海山に連なる雄勝峠を越えれば、羽後の雄勝郡の院内である。院内の新しい銀鉱山のある山村を通り抜けていた。あとは雄物川沿いに北に上り、湯沢城下を流れる川に沿って十文字、横手と北上して日本海の河口を目指す。雄物川河口からは城下は近い。新たに開いた久保田の城下町は今は拡大の真っ最中であり、この辺りから秋田佐竹藩の新しい町並みが想像できる。

長い道中、馬を曳いての二人旅は大川越えを避けての道行であった。

院内銀山の秘密

信太新左衛門の新たな住処となる秋田佐竹藩について記しておかねばならない。

佐竹藩領に入ってすぐの院内銀山は慶長十一年（一六〇六）、鉱山師の村山宗兵衛をはじめとする四人によって発見され、翌慶長十二年に開坑となった。開坑当初から石見（いわみ）、生野（いくの）の銀山と共に日本三大銀山と称された。

最上領から雄勝峠を越えた佐竹藩雄勝郡内の院内には関所が設けられ、家臣団が配置されて戦時に近い警戒態勢が敷かれていた。領内通過の旅人などには厳しい調査があり、新左衛門達の入国に際しても厳重な身分確認がされた。

今時、藩が関所を設けたという話は他では聞かない。途中で泊まった宿で聞いたところによると、佐竹藩が国替えでこの地に移った年に、藩に鉱山開発に優れた藩士がいたのか、院内で銀山の開坑に着手していた。幸いにも鉱脈に当たり、その産出量は国内第二と言われるに至る。厳しい監視体制はここで産する銀の機密保持にあった。

佐竹藩としては銀の産出は、転封後の財政確立のためにも大きく貢献することとなる。当然、幕府に対しては銀の産出量に応じた上納額を決められるが、その申告は藩からの報告が基となる。それらの事情から、機密性は厳しくしなければならなかった。

江戸時代も五代綱吉の時代、延宝八年（一六八〇）に大山義武（佐竹氏の傍流）が角館から院内城に入って所領するまでは家臣団による監視態勢が続いた。

新庄藩との国境の峠道を登り切り、峠の頂を越えて谷川沿いに下ると院内地域。その地を過ぎて平地に入ると佐竹南家の湯沢城下町がある。湯沢城は旧小野寺氏が築城したもので、数年前に旧主小野寺氏が最上義光の軍に攻められ、最上氏の占領下にあった所だ。

最上義光に敗れた小野寺一族は現秋田藩の南半分を領していた。越後の上杉藩と親密な関係にあったため、お互いに手を組んで隣国最上氏に対して戦線を敷いていた。しかし上杉が天下分け目の関ヶ原の戦で西軍を主導したため、東軍の将である徳川家康が対上杉戦線を組織して北上、戦端を開かんと下野国小山に布陣した。上杉軍は対徳川連合軍を迎えて一戦を交えるため、領国の防衛戦線に重点を置いて対戦の陣を敷いた。

今まで上杉氏と共に手を携え最上氏と戦火を交えていた小野寺氏は共闘ができなくなり、単独での戦線は苦しい状況になっていた。小野寺氏は徳川軍に付いた最上軍の攻勢に敗北し、稲庭城、湯沢城、西馬内城や横手城を追われた。敗北した小野寺氏一族は反徳川派と見られたため、幕府により改易され、西国に追われて幽閉の身になる。

佐竹藩は同じ時期、関ヶ原の戦いで東西どちらに付くべきかはっきりせず日和見をしてしまった。どちらかというと石田三成とのそれまでの深い付き合いで、西軍寄りの繋がりが強かった。東西両軍の間に挟まれる立場にあった佐竹藩は、難しい状況の中、徳川家康からの参戦要請に応じなかったのだ。

関ヶ原の戦で天下を手にした家康は、徳川幕府を開き日本国の実権を握った。その際に、江戸に近い常陸の佐竹藩の立場は厳しいものとなった。江戸城の将来に亘る安全を考えれば、家康としては江戸の周辺は自分の側近で固めるのが得策とし、危険人物は江戸から遠ざけなければならない。佐竹藩は敵対国と見なされていたし、常陸佐竹藩の実力は軽視できないものとされたのだ。

東北の伊達藩も雄藩ではあった。伊達藩と佐竹藩が力を合わせれば百万石を優に超える実力であり、江戸城防衛には大きな脅威となる。それを恐れた幕府により佐竹藩の辺地への転封が決められたのだった。大きく石高を減らされた佐竹藩は藩の収入も激減、藩士を全員抱えておくこともできず、多くの藩士を常陸に残して北の辺地に移っていた。

かねてより源氏の正統を誇る佐竹家の存続を思えば、藩主佐竹義宣としては素直に指示に従う以外に道はなく、今回の国替えは義宣の忍に尽きる決断であった。佐竹藩主としての命運を懸け領地内の産業復興に全力を注いでいた。真っ先に目をつけたのが院内銀山の開坑計画であり、その計画着手は移封二年後と素早かった。

出羽国は米所ではあったが、石高の算定は農地の面積で概ね決まる。農地面積は幕府の調査で決まっているため、産米の生産高を誤魔化すことはできなかった。新田開発にも力を入れたが、新田開発は作物が実りの秋を迎えるまでには数年の月日がかかる。そのためにすぐに藩の財源とはなり得なかった。

藩としては藩内増収を目指し、すぐに生産できて藩の収入に結び付く産業を模索していた。山に囲まれた佐竹藩は木材には恵まれていた。特に未だ残された原生林の杉材、秋田杉の京都への搬出があった。当時の都、京都に日本海を通じて銘木杉材を売り込んでいたのだ。秋田杉は良材として京都近辺では人気があり、佐竹藩の財政を補ってくれてはいたが、藩政に及ぼすほどの大きな財源にはならなかった。

次に藩財政を救ったのが鉱山の開発。それに早くも名を挙げたのが院内銀山であり、開発から二年余で大きな成果を挙げていた。この鉱山開発は佐竹藩の大きな収入となり、藩の実収収益は三十余万石ほどもあったと言われている。

当然、鉱山開発による金銀銅鉄の産出額は幕府に報告しなければならない。幕府はその産出額によって上納金を徴収していたが、その実収は藩からの報告に頼っていた。だが嘘偽りない産出額が幕府に報告されていたとは思えない。田畑は面積による生産量は隠しようがないが、鉱山は概ね藩からの申告による数字が産出額となり、幕府への上納金額はそれらから割り出されていた。当然に裏帳簿、表に出せない何物かはあったろう。藩としても銀の産出量は厳しく管理し、その漏洩には注意していた。銀山に通じる山道への人の出入も厳重に監視していた。

新左衛門達は暫く院内宿に止められることになっていたが、幸いにも関所や鉱山管理所以外は藩重臣である大山若狭守の管轄であった。大山家は十代佐竹義篤の四男・義孝に始まる、佐竹の血を引く有能な藩臣であり、常陸時代も二万石余の佐竹親戚筋であった。もっとも多くの佐竹藩家臣の碌は全て、常陸時代の三割以下に減額されていた。

その大山家の家老の職にあったのが、地域の古来よりの豪族、足田図書の後継であった。塩田弥兵衛はその家老職として指揮を取っていた。縁あって信太家との繋がりもあり、新左衛門は一日の足止めで通過を許された。

我が家への帰り道とは言いながら、現在の実家は新左衛門にとっては初めての土地。途中からは雄物川の船便を使うこともできたが、結の愛馬、利根がいるため雄物川の脇道に沿って川を下っていった。河口の船溜まりの宿場からは久保田の城下に向かった。

久保田の城下町は、藩士の屋敷と商店の建築真っ盛りであり未完成の状態であった。

信太家一族は七家ほどの分家があって、それぞれが城下に散在して住んでいた。新左衛門と結は、その本宅とも言える信太家次席本屋敷に夕刻には着いていた。

久保田城下武家屋敷

女連れの新左衛門の帰宅は、出羽国久保田城下屋敷の一族が心待ちにしていた。常陸国や上州を思えば地の果てとも言える北国、冬季は予想される六尺の積雪とて珍しくなく、町中の人の動きもなくなる。冬になれば、城下町を外れれば里人の往来は全くなくなり無人に近い世界となる。今はよき春の季節を迎えていたが、二人には真冬の季節など想像できない。

異国とも思える僻地に来た感が、新左衛門の頭の中を駆け巡る。この地方では何をもって生活するのか、未開地に来た感じで不安ばかりが大きく広がっていた。

雄物川河口は日本海を通じて京都には船便で通じているが、その河口の港町には荷舟の扱いや積荷集積を扱う人達の集落があった。その内陸部にある旧秋田城（古代城柵）は、奈良時代から平安時代にかけて東北地方の日本海側（出羽国）に置かれた大規模な地方官庁であり、政治・軍事・文化の中心地であった。東日本の古代城柵、越後・出羽・陸奥国に設置した軍事・行政機関の中でも秋田城はその最北に位置するものである。

そこから東へと、新しい久保田城下への道は新道で結ばれていて分かりやすかった。

今を盛りと町づくりに励む新城下町は復興工事で賑わっていた。町割は佐竹藩上級家臣団の多くが城下外堀の内に居を定められていた。侍所と言われる中級藩士家臣団の大半は久保田城下、外堀の周辺に屋敷割ができていて大半の藩士家族が住んでいた。土崎湊城周辺にはまだ下級家臣達の一部が残っているらしいが、近年中には大方移り終えるとのことであった。

藩内の庶民や商人にしても、城下町が移ればそれに準じて移動しないと生活に支障が出る。区割によって決められた城下の商人町と共に、下級藩士の住宅が立ち並ぶ周辺は、建設真っ最中とも言える活況を呈していた。

新左衛門の実家、分家代表の信太太郎左衛門勝久の屋敷は、外堀の外側に沿って建てられていた。その場所は大手門に通ずる城の外堀に架かる大橋、その橋の脇に面する位置に配された信太一族屋敷の位置は城の要、武闘の実力が認められてのことである。

信太一族の屋敷が城の玄関口に近い位置に配置されているのは、佐竹藩としても万一の城攻めに遭った際の実戦に対する信頼度を表していた。こうした配置を考えれば、信太一族は元々実戦型の武族であったのだろう。

新左衛門の女連れの帰宅は、通常の武家の在り方、仕来りとしては許されない行為であったが、一族に不服を述べる者はいなかった。北国への国替えによる環境の大きな変化が、武家の伝統的思考をなくしたとは思えないが、平民出の結の嫁入りについても問題はなく、山賊退治の武勇伝に関してはむしろ歓迎の空気さえあった。

久保田城は春を迎えていた。新左衛門にとって、城下屋敷の一族総出による出迎えは嬉しかった。やはり九年目の家族との再会は嬉しく懐かしい。常陸海に沿った信太屋敷を飛び出した頃は、新左衛門の頭には自分のことしかなかった。それが今、北国のこの地に身内一同顔を合わせたが、父母以外の顔はよく覚えていなかったが、駆け寄ってきた次郎助とは抱き合い喜び合った。

屋敷の人達の顔を見回しながら、この人があの時の人かな、と子供の頃の顔を思い出すのに苦労していた。どうにか母の手助けを受けて紹介され挨拶はしたが、全く記憶にない人もいた。また、出迎えの多くの人の目は新左衛門よりも結の方に関心がいっている様子である。

結にとっては初めての舅姑との対面に緊張していた。正式に一族に認められての嫁入りではない。親達にとっては息子の新左衛門を信じてのことであり、傍から見れば強引な押しかけ嫁入りである。果たして他の一族の者が認めてくれるかどうかは分からない。結としては硬くならざるを得なかった。言葉少なに神妙な挨拶をしていた。

主である信太勝久の顔は確りとは見られなかったが、一瞬見たその顔には歓迎の気持ちが表れていた。舅の勝久が結に対した最初の一言は、「座敷に上がるように」であった。これは当家の主が結を認めたという言葉であり、結は涙が零れそうであった。

新左衛門と結は座敷に通され、型通りの挨拶の後、心配していたような難しい話もなかった。結は幾度か言葉を理解するのに苦労し、新左衛門からの助けを受けていた。歓迎の宴の支度ができるまでと言いながら、一番喜んでいた母が先に立ち、自らの案内でこれから二人が住む離れ家に案内されていた。ひとまず新左衛門達は一族から受け入れられたようだ。しかし、結にとっては今後の生活は経験のない武家での暮らし、色々と気がかりなことが多かった。

新左衛門と結がこの地に帰り着くまでの道中、それぞれの地方で多くの人に出会ったが、現地の人が話す言葉が簡単には理解できなかった。新左衛門としては我が家に着いて初めて人並みに話も通じるが、結としては彼以上に言葉の壁には拭いきれないものがあった。そして想像はしていたが、これほどの辺地とは思っていなかった。新左衛門も驚いたが、結の驚きは更に大きかった。着いた家屋敷の敷地は広いが、中に立つ建物は結の家よりも狭く、全体的に重く暗い感じがした。

それでも自分達の住むべき所に来たのだとは感じていた。

奥羽秋田に春は訪れていたが、まだ雪除けの柵が取り除かれていない家も多くあった。冬の寒さと降雪を防ぐため、家の開口部は一般的に関東地方に建つ家よりも狭い。

外から屋内への採光はかなり少なく、北国の住まいはやはり暗い。

　だが二人のための新築の新居には父母の気遣いが見えていた。屋敷の奥の方に三十坪程度の離れとして新しく建っていた。既に内部は出来上がり生活もできる状態になっていた。外回りの土壁の部分がまだ粗塗りのままで、最終的に仕上がるにはまだ時間がかかりそうだ。井戸は本宅と共用で、屋敷内での配置は適度な距離を保っていた。新左衛門達の住居は小さいが、新しい家は二人の住まいとしては充分満足のいくものだった。


　佐竹藩内の信太家一族は、信太伊豆、信太主水屋敷など藩の中核を成す親族と共に、七家ほどが城下武家屋敷内に散在して住んでいた。藩内の婚姻等による親族関係を含めれば二十家を超える信太一族であり、太郎衛門勝久の家はその中でも本家に次ぐ主筋であった。

　常陸より移ってきた佐竹藩士は禄高を大きく減らされていた。当然藩主の石高も従来の影もない。何しろ常陸時代の三分の一近くまで減らされた石高である。藩の運営を維持していくのも大変だった。したがって全ての藩士の配分も大きく減らされて、生活環境は常陸時代と比べれば雲泥の差があり、その生活内容は比較にならないほどだ。

信太勝久家も五百石にも及ばなかった。新左衛門が正規の藩士になっても、せいぜい貰える禄高は良くて五十石前後ではないかと言われていた。それも重役達に認められて藩士として認知されないと、勝久の家の居候になってしまう。勝久も上司への根回しや親族ら身内に対し息子、新左衛門の売り込みに懸命に動いていた。新左衛門の帰宅の挨拶に持参する上司への品物などを揃えていた。

新左衛門と結は新居に落ち着き、旅の荷を部屋の中に並べ置くと、結の母から渡された引き出物を持って、共に身を正して、同じ屋敷内の身内にお礼の挨拶に向かった。まずは本家に改めての挨拶で、太郎衛門勝久は登城中で留守だったが、家族全員が出迎えてくれた。

屋敷は農家のつくりと大きく変わらず、入り口は広い土間になっていた。雪国の建物の広い玄関土間を支える梁は大きく見事であり、内部の造作は戦国時代の雰囲気が残っている。玄関脇の壁面には弓矢が揃えて掛けられ、弦が張ってあるのが二組あった。陣揃えなどの戦時体制の佇まいをそのまま残した風であった。結の家の割烹料理屋の千代松の華やかさとは雲泥の差があった。

これらの家屋は武家屋敷として威厳に満ちた存在感は感じられるが、上州のような華やかさや彩りはない。住処としても、雪国のために冬の寒さを防ぐために比較的開口部の少ないつくりで、部屋の内部は暗く感じられる。武家屋敷としての重々しさはあるが、威厳だけがこの家の存在感であろうか。

玄関を入り、その場で母を中にした家族一同に対して改めて挨拶をした。新左衛門の後ろには結が控え深く頭を垂れている。長い旅で日焼けして、家族の者達が初めて結を見た時は少し色が黒い方かなと感じていた。だが均整の取れた結の容姿と、緊張で硬くなった面持ちの中にも優しさを感じ取っていた。この娘が剣の達人と言われる所以は何処にあるのかといぶかっていた。

自分達も過ぎた年同じような思いをしてこの地に来て、数年過ごす内に雪国の屋内での生活が多くなったせいか、常陸時代と比べて自然と肌の色も白くなってきた感じである。この地に先に来て住む者としての思いやりもあり、優しく受け入れる形の母達の落ち着いた対応であった。

挨拶が済むと、母に断わり一番先に向かったのは仏間であった。命を的に懸ける武士は、先祖の魂は一家の守り神であり、自分が受け継ぐものと理解して大切に崇める武家社会である。


佐竹藩内は国替えで僻地に追いやられたことにより、藩士の纏まりは以前より良くなり、自分達が藩に仕え生き残るのだとの思いからその結束は強かった。

一族の者達も来た当時、この奥地の仮住まいでの一、二年は結構厳しかったなと思い出しながら、新たにやって来た若い二人を笑顔で迎え入れていた。

結の丁寧な挨拶も、平民の身でありながら大胡城下一の料理屋の娘。普段の生活は豊かであり、一般的な農家などと違い武士や大商人らの出入りが多く、礼儀作法は自然と身につき垢抜けていた。結との再度の対面は、一家には好感をもって受け入れられ、奥の座敷に温かく迎え入れられた。

座敷に上がってからの会話の中身は、新左衛門が家出から今日までの修行の粗筋を至極簡単に話すと、あとは結の売り込みのような形で話は進み、皆から好意をもって受け入れられていた。新左衛門自身の本来の目的であった新左衛門自身の肝心な武芸の話には向かっていかなかった。新左衛門自身の本来の目的であった剣の、修行先での話や浅山一傳流の奥義についての話は話題としては少なかった。

やがて新左衛門と結は新居に戻り、持参した荷物の整理と、これからの自分達の生活の話をしていた。結の初めてのおねだりとも言える、利根の馬小屋の設置をそれとなく決めていた。

現在利根は屋敷の馬小屋を借りて棲まっていたが、利根の姿を見るに落ち着きが見られない。結にとって利根は新左衛門の次に大切な友であったから、その対処を頼んだのだ。新左衛門としても分かっていたことであり、父の許可を取って利根の馬小屋はすぐに築かれた。母は、我が息子が結の尻に敷かれているのを見て、自分の若き時代を思い出して笑っていた。

その母からお茶に呼ばれても、二人は日常生活の話に戸惑っていた。何しろ家庭生活など無関心で生きてきた二人、自分達だけの生活など全く経験がなかったからだ。何から手をつけてよいか分からず、今宵の食事についてさえ何からやってよいかも分からなかった。

そこに、この地で雇った屋敷付きの爺やが荷物を届けに来た。羽後訛りの挨拶を受けたが、何回か聞き直さねば理解できないので苦労した。お米から味噌と味噌溜まり（味噌の発酵と熟成の過程で味噌から染み出してきた液体）、塩に魚の干物と野菜類が運び込まれた。鍋釜に薪、食膳類は既に揃えてあったので、あとは結の腕次第だが、新左衛門は結の料理、食膳には余り期待していなかった。

結は本宅や身内回りの挨拶も済み気持ちが落ち着いたのか、急に自分を取り戻したかのように話し始めていた。意外にも環境の変化を気にしている様子もなく、いつもの結を取り戻していた。だが料理に関しては結自身全く自信がなく、郷里の板場のことを思い出しては真剣に釜場の前で包丁を動かしていた。時間はかかったが、結の膳部の出来は満足できるものであった。

結は、新左衛門が日頃話す様子から、秋田に行けば半分は農業をしなければならないと覚悟してきた。しかし、来てみると城下もその周りも田畑は少なく、屋敷内にある畑は母の菜園程度のもので農業というには程遠い。武家屋敷の町中では今も盛んに屋敷を取り巻く板塀や門などの工事が進められていた。

今日は新左衛門に連れられて結は城下見物に出てきていた。新左衛門も挨拶回りで一度来ただけで城の大きさも知らなかった。

さすがに常陸当時の面影を各所に残している佐竹藩の久保田城は、城下町中屋敷の中心に位置して大きく堀を二重に巡らせた平城である。見たところ完璧に近く完成していたが、他国の城に見えるような大きく高い天守閣はなく、他を武力で威圧するような姿ではない。何となく結の実家を思い出すような親しみの持てる城の姿には、戦時の荒々しさは感じられない。北の外れの城下町ではあるが、落ち着いた優雅な姿を秘めた、城主佐竹義宣の心情が窺える。この地での藩の静かな発展と領民達の生活の安定を望む心がその姿に感じられた。

久保田城は義宣の意向もあり戦時態勢を主体として考えてはいなかった。まずは、徳川政権となり、北の奥とも言える地方の僻地においては、当分の間は戦火も遠退くものと見ていた。また、この北国の奥地に住む者が確りして、大きく欲をかかなければ平穏な環境を築くことができると踏んでいた。まずは戦備より、この地に如何に豊かな環境と住み良い国を作るかを第一に考え、農林業や鉱山開発に重点を置いて藩財政の確立に力を入れていた。

また、周辺土着の豪族達との繋がりを重視していた。常陸時代のように北に伊達、南に北条、西に上杉と武田といった隣接雄藩から攻められ侵される心配は少ない。禄高は減っても佐竹藩、この地方では一番の大藩でもあるからだ。

来るべき戦場は京周辺、特に大坂城の存在を危惧していた。豊臣家もこのままでは収まらないだろう。天下の雲行きとしては、再度の大きな戦はあると見ていた。その時は現在の領地を守るため、迷わず現政権徳川幕府に従い、軍功を上げることを第一と考え、佐竹藩の永遠の存続と名誉の回復に全力を注ぐ心算でいた。常陸、水戸城時代の大きな過ちを犯してはならないと肝に銘じていた。関ヶ原の戦いで東軍に与しなかった失策は、現在秋田の地にあって、動き方によっては何時領地を召し上げられ、改易の憂き目に遭うか分からないのだ。

今、それらを考えれば藩内に乱れがあってはならない。大坂城を中心の戦が勃発すれば、佐竹藩は徳川方として全軍に近い態勢での出陣を考えている。そんな事態を前に、自藩内に予期せぬ騒動でも起きたら大変である。元々この地に住む土着の豪族をはじめ、各地の在郷農民などの扱いを慎重に考えていた。

佐竹藩は、徳川一党から見れば、先の大戦での行動に好感は持たれていない。佐竹藩に何か隙あらば、すぐにでも取り潰しをと睨まれている状況下である。代々源氏の正統を公言する佐竹氏の名家の誇りと、その家名は何があっても守らねばならないと考える義宣であった。とりわけ佐竹藩の立場としては、天下の動きに合わせ慎重であらねばならなかった。

そうした藩政のことを考えて城下を見ていた新左衛門は、一緒に歩いている妻、結の存在を忘れていた。城下を一回り、外堀に沿ってゆっくり回れば時間もかかる。若い二人が歩き始めて既に時間も経っていて、お腹の虫が何かを催促し始めていた。

結の遠慮がちに話した、土地の食べ物の下調べをしたいと言われた新左衛門は、城下の料理屋を探していた。しかし千代松のような華やかな料理屋は見当たらない。それでも正午も過ぎた時間、食べ物屋と思しき店があって二人は暖簾を潜っていた。案内を受けて中に入ると意外と確りとした座敷に案内され、訛りに苦労しながらも食膳にありついていた。料理は上州とは違い海に近い土地柄、刺身や漬け物は独自な味で、上州では食べられない雪国独特の品に腹を満たしていた。結もこの地での食べ物に満足していた。

北辰流開眼

信太新左衛門にとって今日は初めての登城、正式な藩重臣への顔見世であった。奥羽秋田の地の久保田城への初登城に対し、目にすべきものは沢山あった。

新左衛門は帰宅後十数日が経っていた。新しいこの地に帰着したのだから、藩への帰国報告を兼ねた挨拶と、正式に藩士としての取り立てを願う登城となっていた。重臣達への顔見世を兼ねた挨拶である。家長の信太太郎衛門勝久に連れられての初登城に、新左衛門も多少緊張はしていた。本丸への玄関口とも言える辰巳の吉方に構えた、城への登城口である大手門は、信太勝久の屋敷からは近く、目の前の外堀の橋を渡ればすぐ堀の内である。更に二の丸を経て長坂門を潜ると本丸に近い城の中心地となる。

城を一巡する外堀を越えるのも初めてであった。今日の登城については甥の太郎衛門勝久から手落ちのないようにと挨拶の指導を受けていた。藩士として堅苦しい仕来りの中、何となく今までの自由気儘に生きてきた自分の生活に捨て難いものを感じていた。

太郎衛門の後に付いて外堀からの橋を渡り、大手楼門の脇を潜り中に入る。広く形の良い庭園に囲まれた中に城内屋敷群が広がる。更に内堀を渡り二の丸の城門を潜り大きな建物の玄関口で待たされた。

間もなく先に入って行った太郎衛門が玄関口に戻ってきて、新左衛門を促し城郭内二の丸の大広間の脇、主要藩臣の溜まり場と思われる部屋の隣の座敷、八畳の間に通された。そこには重臣と思われる方々が床の間を背に四人いた。今日の初御目見得は重役による佐竹家家臣としての資格審査のようなもの。新左衛門の挨拶が済むと、それぞれが藩士としての心得などを質すよう問うてくる。新左衛門はそれに確り応えなければならない。

既に家との繋がりなどは報告されているので、いきなり藩に対する忠誠心、忠臣としての心得などが質され返答を求められた。既に質問の内容などは太郎衛門から聞かされていたので、決まりきったような回答をしたが、藩に対する忠誠心に何をもって挑むか、と注意事項にはなかった質問があった。新左衛門は予定になかった質問に対して少し戸惑いは感じたが、佐竹藩家臣としてこの地において新しき武道の発展と修練の場を生み出し、新しき武術をもって藩に対する忠誠を誓った。脳裏には新しい武術、剣の道の開眼を目指すことがあった。

新しき武道との発言に対して、重臣達の興味は別な方に向かっていった。この度、久保田城築城とともに佐竹藩一族の重臣の末席に座を占めて間もない鍋倉監物より、新左衛門の武芸についての問い質しがあった。

歴代、佐竹藩武道指南役を務める者の推薦する、武州牢人との御前試合を申し渡されたのだ。これは新たに採用を望む、双方の者に対する現代の入社試験のようなものであった。重臣からの申し出は、新左衛門としては断れぬものと、試合については承諾の意を示した。

新左衛門としては、争いのもととなるこの地での他流試合は避けたかった。下座に控えたまま静かに伺いの姿勢で、藩士を相手ではなく他人との立ち合いを望むと伝えた。その新左衛門の言葉に対して、今は正式に藩士でない下士以下の身分の者の意見の申し述べに、重臣の中に多少の不信感を持った者もいたが、他の上席にいた重役の一人が、

「その話はもっともである。藩士同士の立ち合いには、のちのことも考えなければならない」

と言って、立ち合う相手はよく検討するとして、試合の日時と相手については追って沙汰すると言い渡され、下城した。

数日後になって勝久から、他の者の新規召し抱えの話があって、それが先に新左衛門の挨拶の席で話があった者と思える、元武田家牢人であった。

その者は武田武士として戦国時代を生き延びた、歴戦の剣豪というのが売りもの

だった。佐竹藩への採用を願い出た、剣の使い手としての売り込みである。当然その実力が如何なるものか見極めるためにも、それなりの実力者との立ち合い審査が求められていた。

その話を聞いて、重臣達は先に挨拶のあった新左衛門を採用するについて、実力審査に適した相手としてよいとの判断であった。双方の武芸者に対しそれぞれの実力が分かると、重臣達の間では話が進み、上席と協議の結果でも信太新左衛門が相手として選ばれた。しかも、この立ち合い審査が藩主の御前試合となったという。佐竹藩としても常陸時代の藩士を減らした現況から、今の大坂の状況を考えれば、再度東西間の衝突はあり得るとの見解からだった。

このところは大きな戦もなく、武術をもって戦うなどの勇ましい話はなかった。新たなる家臣召し抱えの実力審査とも言える、武辺者の採用審査は久方ぶりであった。

当の武芸者本人同士にとっては、この立ち合いは真剣そのものである。新規召し抱えを望む相手は武田家滅亡で浪々の身となり、何処の藩でもよいから、是が非でも正規の家臣となって生きていくしかないのだ。これからの自分の人生が懸かっている。当時の武士で浪々の身にある者達は、常に身命を懸けていた。

早速、試合の日時は五月の端午の節句と決められた。当日の試合会場は城内唯一の広場、外堀内の北の丸南にあり、出陣式などに使う通称桜の馬場の騎馬溜まりと決まった。当日は特別に町民達も参観を許された。堀の内会場は南側の門から入って堀を巡るようにして大回りした所にある。

信太新左衛門の相手の口上では、樋口又七郎定次の馬庭念流(まにわねんりゅう)の流れで、名を山之内重兵衛という。また、彼は鹿島神道流も修めているという。上泉伊勢守の神陰流や、浅山一傳斎の浅山一傳流に倣って、上州の名門剣術道場の出とも聞く。

武田武士として、実戦型武芸をもって戦場を自分の生きる場所として戦い抜いてきた男である。この度の試合に勝つことが佐竹藩士への採用に唯一繋がる。山之内重兵衛の推薦人は佐竹藩の上級重役の一人である。山之内重兵衛は勝たねば採用は見込めない。新左衛門としても負ければ禄高五十石以上は望めない。正式に藩士として臣下に加えられることは命に次ぐ大切なことであった。

端午の節句当日の馬場は、藩士や武術をもって出世を望む者達もいた。前日に馬場は整備され塵一つ落ちていない。広く幔幕が張られて早くから大勢の人が集まっていた。

今日の試合見物は、佐竹藩久保田城入部以来の正式な、久方ぶりの藩主立ち合いの他流試合である。今の季節、城下は葉桜で散り遅れた花弁が一枚二枚と風に飛んでいた。その風情は既に初夏の季節を感じさせた。

未だ行事の少ない地域である。他流試合は城下の話題としても大きく広まり、試合前からお祭りのように騒がしくなっていた。

試合当日、新左衛門は新居にあって雑念を払い精神統一するために、前庭で素振りをしていた。結はこのような場合、武士の妻として何をすべきか何も分からず、部屋に籠もって新左衛門の身支度に必要以上に気を使っていた。今日の試合相手の実力は分かっていないが、負けることは結の念頭にはない。結は全長三尺一寸の木刀を用意していた。刀なら短く長脇差の長さである。

昨晩からの新左衛門と結との間の協議で決められていた。三尺一寸の木刀は一般的な試合用としては短く、対等に打ち合えば長さの面で不利になる。しかし、新左衛門は小太刀の扱いには自信がある。木刀は短ければそれだけに扱いは軽く楽になる。結の小太刀の訓練指導に当たっても、受け身の立ち合いには慣れていた。

少し早めに、試合時刻前に会場の馬場に到着したが、新左衛門は会場内の人の多さに驚いていた。

会場は幔幕を張って囲われていたが、中に入れない者は馬場周りの盛り上がった土手の上に腰を下ろしていた。そこからでも試合会場は良く見えた。

新左衛門が幔幕の中に入って行った時は、既に相手の山之内重兵衛は床几に腰掛けて待っていた。新左衛門の来場に喚声が上がった。どちらも城内の者達には知られていない者同士。勝負に対して特別の贔屓はないものの、集まった観衆の喚声で雰囲気は盛り上がっていた。お互いにまだ藩士にはなっていない者同士で、見る側に身贔屓は少ないが、やはり藩士の子弟ということと若い男ぶりでは新左衛門の声援の方が多かった。

試合を見る観衆の目は冷静であり、どちらがどのようにして勝つかだけに興味があった。立ち合い人の入場とともに試合に対する注意事項が告げられ、それぞれが名を名乗り、試合開始となった。幔幕が張り巡らされた中の床几に、藩主佐竹義宣公と思われる人物の姿が見えたが、新左衛門には初御目見得なので確証はなかった。会場の雰囲気から、藩主の出座により観衆が一斉に静まったことで知り得た。

双方の名乗りに、新左衛門はこの時初めて、前々から考えていた我が武術の名を告げていた。まだ誰にも話していなかった「北辰流」の名を表に出したのである。上州の地にあって、北方赤城山頂に輝く北斗七星を眺め、大空の星座の中心にある北辰の星を我が心に置いていた。動かざる心の中に我が剣の名は北辰流と、心の中で早くから決めていたのだった。中央に双方が進み出て、藩主に向かい頭を下げながら名乗りを上げた。

「信太新左衛門勝長、北辰流をもってお相手致す」

信太新左衛門の初名乗りに北辰流と新左衛門の未来が懸かっていた。

対する相手の山之内重兵衛、武州牢人を名乗り、全長四尺の木刀を手にしていた。決められた場所の中央に立ち、四間ほどの間を置いて双方青眼の構えで進み、間合いを取りながら対峙していた。「試合開始」の声とともに、双方木刀を青眼に構えたままの試合開始から、暫し動かず四半時、そのまま双方共に動く気配はなく対峙していた。

その長い間合いに、周りの観衆の間で痺れに似た空気が漂い始めていた、その時である。新左衛門に動きがあった。木刀を下段に下げながら素早い速さですっと擦り寄った。一気に三間の幅を詰めた瞬間は、新左衛門の頭部は丸空き。それを逃がさず重兵衛の木刀が大上段に上がったと同時に、素早い打ち込みが新左衛門の頭上目がけて打ち下ろされた。

その打ち込みにはさすがに連戦練磨の気概があった。新左衛門に接すると一撃のもとに打ち砕かれた様子に見えた。しかし新左衛門は腰を低く屈めるようにしながら、その鋭い相手の木刀を受け止めていた。新左衛門はそのまま腰を少し屈めて擦り寄り間を詰めた。相手の身にぴたりと寄り添ったまま、小太刀の力を緩めずに押し進む新左衛門。身体ごと相手の鍔元に接するように当たっていた。重兵衛の長い木刀の動きが止まった。身近に寄られての打ち込みに、一瞬の戸惑いが勝負を決めていた。

体格の良い新左衛門の、身近にあっての敏捷な動きは鋭い。寄り添ったままの打ち込みに、重兵衛が受け止めかねて一歩下がった時、新左衛門の体は相手の左側に擦り寄るように回りながら、二の太刀が左の腕を撫ぜるように引いて、そのまま走り抜けていた。重兵衛は振り返りながら新左衛門の走り行く背後に迫った。その時、審判役から「勝負あり」の声がかかったが、重兵衛の木刀は新左衛門に向かって振り下ろされていた。

新左衛門は重兵衛の迫り来る木刀の流れを肌で感じた。一瞬、打ち下ろされる木刀の下を更に潜るように身を深く伏せ、重兵衛の足元への一撃は手加減できなかった。脛の裏側への一撃で、重兵衛の体が鈍い音とともにどっとその場に倒れた。

唸るような呻き声と、その場に斃れた姿勢のまま暫く動かなかった。更に「勝負あり」の声がかかった。その場に倒れた重兵衛のもとへすぐさま藩お抱えの医師が駆け寄り、重兵衛の体に触れた。脛の裏の骨が折れたと思われる足を見ていたが、はっきりした声で、

「脛の裏骨が折れている。手を借りたい。怪我人を控えの幔幕の中に運んで貰いたい」

と審判役に告げていた。新左衛門は、身を伏せて相手の脛に木刀を打ち込んだ瞬間、自分の身を左手の肘で支えたため、左の肘から手首にかけて大きく擦り傷ができていた。しかし我が手を使うのに差し支えはなかったし、さほど痛さも感じていなかった。

山之内重兵衛は、藩役人の下役によって宿所まで運ばれたが、生涯においてその足

の障害を背負っていかなければならなかった。

新左衛門はこの試合結果により、百石の扶持を貰って正式に藩士になった。信太新左衛門勝長の名は、天流斎藤伝輝坊の門下に身をおき、その名を経て「新天流」を開き、信太一党のすすめもあり、新たに横手城下に道場を構えることを認められて繁栄していくことになる。

しかし、当初、新左衛門は信太一族の者に限るとして多くの門人を求めなかった。新剣法「北辰流」の確立に向かっていたからだ。基本的には浅山一傳流を基礎に、伊賀国や柳生の里で得た忍びの持つ武術を多く取り入れていた。特に伊賀の地において暗夜の山登りで得た、忍法の「気」を得ることを技の中に取り入れ、「北辰流開眼」のため血の滲むような修練の日々を送った。

奥羽の聖地、出羽三山から山裾を引き継ぐような形の、鳥海山中における自己研鑽と修練は、人間が生きていく限界に近いまでの苦しい鍛錬により、新しい剣の技能を編み出していた。

二年後、北辰剣、佛智剣、心祖剣の北辰三剣身をまとめた「北辰流」を開眼した。

この流儀の開眼にあたり北辰の名を取ったのは、上州粕川の一傳流道場において、赤城山の上に輝く北斗七星を常に見ていたからだ。今では、江戸より北辰の位置にある久保田藩にあやかり、北辰の名をそのまま我が新しき武道流派として開眼したと、流派名の誕生を説明していた。

ここに日本剣道の祖とも言われる、北辰流がこの地に生まれ、更に浅山一傳斎の居合い道を引き継いだ北辰一刀流が生まれたのだった。

嗚呼、大坂城

慶長十九年（一六一四）、関ヶ原の戦いから十四年、江戸幕府は二代将軍秀忠の代となっていたが、実権を握っていた家康により豊臣方に戦いが仕掛けられた。豊臣氏が建立した京都の方広寺の鐘銘問題で家康が難癖をつけたのである。慶長十九年の大坂冬の陣、翌元和元年の大坂夏の陣の勃発により、結果的には豊臣家は滅ぼされてしまう。

奥羽秋田の地、久保田城は出陣の騒ぎの中にあった。この度の幕府要請による佐竹藩への出兵要請は総勢千五百名、義宣の予想より遥かに少ない兵の出陣を要請されていた。佐竹藩としては三千五百から四千名の出兵要請を予想していた。藩主佐竹義宣としては、最悪の場合は六千名の出陣も覚悟していた。佐竹藩に対する信頼度が低いのか、予想より少ない出陣要請に不安もあったが、この度こそはどのようなことがあっても徳川幕府を支えなければならない。

関ヶ原の戦いで日和見を決めた佐竹藩は、藩滅亡の危機に陥った過去がある。藩の存続を重点に考えれば、汚名返上と徳川家康への忠誠心を強く印象づけるためにも、全力をもって出陣の態勢を整えなければならない。

大坂城攻略に向けて大きく東西に分かれての戦陣。幕府の東軍方としても万一、上杉、伊達、佐竹の東軍方諸大名が、徳川方に向かって反旗を翻し大坂方に付いたとなると戦局は分からなくなる。真実の信頼を勝ち得ていない外様大名の戦力は強大であってはならない。それを考えに入れると、外様大名軍の大坂城攻略に向ける藩兵と在地留守居の藩兵を二つに割った方が、大坂城攻防戦にとっては安全であるとの見方も考えられる。これは知将と名高い家康が考えた戦略ではないのか、と義宣は心痛めていた。

義宣としては、かくなる上は、忠誠を見せるには兵の数ではなく精鋭部隊を編成し差し向けるべきと判断、家臣に指示を出した。総勢千五百名だが、この度の戦いではどのようなことがあっても大きな戦果を上げ、佐竹藩の忠誠心を示さなければならない。徳川幕府からの信頼を獲得し、以後の佐竹藩の存続を確固たるものにしておかなければならない。

大坂から遠隔の地にある佐竹藩は、九月二十五日頃には藩主佐竹義宣を先頭に国許を出発、まずは江戸に向かった。江戸近在まで本隊を出兵させ、武蔵野や相模国などで幕府の指示を待つこととなった。大軍をもっての江戸城下への進駐は許されなかった。万一江戸市中で反乱などを起されたら、幕府としても城下を守れなくなるからだ。

東北・関東地域の軍勢は、中仙道寄りの江戸から離れた地域に、一時的な兵力の集結を指示されていた。江戸から離れた地域に駐屯する各藩将兵は、農村部や原野での野営が主であった。秋も深まりつつある季節、野営の準備や兵糧補給、それなりの武将達へは宿泊施設として農家を借り上げる。排泄物を処理する箇所、便所の仮囲い等は、各藩の宿営各所に求められる。この度佐竹藩は八隊に分かれ、先行部隊は大坂へ向かって行軍していった。

精鋭部隊を派遣すべきとした佐竹藩の決定であったが、当然に信太一族を除くことはできない。藩からは早い内から出陣すべしとの指示があった。信太伊豆守、信太兵部、信太太郎衛門勝久らに先立ち、信太新左衛門勝長が先頭に立って部隊を編成。その隊員も、北辰流道場門人の上位にある者が選ばれていた。そして佐竹勢の中堅、第五隊に選抜されていた。

幕府の指示により十月二十七日には江戸郊外を出発、十一月十七日頃には全軍が大坂に到着、大坂城外の今福の地に着陣していた。佐竹藩は、全国一の威容を誇る大坂城天守閣を目の前に布陣していた。

信太新左衛門は、本格的な戦は初めての経験であった。信太一族の中でも実力のある戦闘部隊。その中でも新左衛門直属の門人部隊は武士ばかりでなく、農民や町民の子弟も含まれていた。だがその者達は全て道場では上位にある門人達であり、優れた技能を持つ選りすぐりの者ばかり。特にこの度のような集団戦となれば、個人でのような刀剣だけの戦いではないゆえ、新左衛門が少年の頃から考えていたことを実践しようとしていた。

大勢の敵を相手にする場合は長大な槍や薙刀が有効である。最近の門弟達への指導では、特に薙刀の扱いに重点を置いていた。それら大型の薙刀を振り回すには体力がいる。この度のような集団戦は当たる敵は選べない。誰とでも切り結ばなければならない。道場の稽古で主に使われる刀剣術では闘えないのだ。

戦の主力は鉄砲だが、鉄砲は一度撃つと次の弾を放つには時間がかかる。急な斬り込みに遭うと間に合わない。また、味方が攻撃に向かっている時に鉄砲は撃てないという不利な面がある。新左衛門は乱戦の時を待って、鉄砲での戦いを避ける考えでいた。

この度の戦場に派遣された者の多くは士分ではない。形は雇い兵であるが、彼らには夢があった。大坂城攻めの働きによっては藩より藩士取り立ての機会もある。こうして出征できる機会は、天下の騒乱が収まってしまえば、今後はないかも知れないのだ。

国内が安定すれば、各藩でも戦闘のための武闘派藩士を雇う必要がなくなる。農民の次男や三男らは、今この時、戦場に自身の生涯を懸けていた。ここを先途と、この戦場に選ばれた者達にとっては後のない、大切な出世の機会でもあった。

佐竹勢、第五隊の信太一族隊は信太新左衛門勝長を隊長に編成されていた。武具としては、当時野戦の中心であった火縄銃はなく、弓五張り以外の飛び道具はなくて、槍に薙刀が主力の戦闘隊となっていた。騎馬武者は新左衛門を含めて三十騎、徒歩(かち)武者百五十五名が、この度の信太新左衛門勝長隊の主力であった。

一方、上州より新左衛門に付いて来て奥方となった結は、夫の出陣が決まり途方に暮れていた。遠く離れた北国のこの地で、新左衛門以外に心から頼れる人は僅かしかいない。親戚の人はいるが、それも何処まで頼ってよいのか分からない。これまでは、甘えも含めて唯一頼れるのは夫以外にいなかった。その大切な夫を、初めての命を懸けた戦場へ送り出すことに、平民の出の結には不安だけが先に立っていた。

武士たる者は家族を捨て置き、生きて帰れる見込みもない戦場に赴く。女の身一つで子供を抱え、先々何も分からない北の僻地で暮らしていかなければならない。北国の奥地に来て、武士という世界の生き方がまだ理解できない結であった。

夫の新左衛門は、刀剣をもっての戦には何の心配もないが、この度の戦場では飛び道具の鉄砲や大筒（大砲）での戦いが主となる。太刀をもって飛び来る弾丸を防ぐなどできはしない。新左衛門に万一のことがあったらと思うと気が気ではない。今では奥方と呼ばれ、子供二人を育てる結は不安だった。

結は道場での立ち合いや暴漢との対決は経験している。何も恐れるものはないのだが、何万という軍団の中で命を懸けた戦いをするなど想像もできない。特に武器の進化した戦では、幾ら武術に優れていても防ぎようがない。我が夫、新左衛門の無事は神頼み以外に縋るものとてない今の結である。夫に万一のことがあったら自分はどうなるのか、と生死を懸けた夫の初めての出陣に心を砕いていた。さすがの結も陰で涙して大きな不安におののいていた。

横手城下に新左衛門と共に寝起きをして七年、跡取りとしての長男の誕生と娘にも恵まれ、幸せな家庭を築いてきた。これまでは何の不自由もなく納得の行く夫婦生活を送ってきた。そのような時に戦場に夫を送り出すのは、結には初めての恐怖に似た心境だった。

当初、佐竹藩は六千人ほどの将兵の出陣を予定していたが、千五百名でよいとの幕府の指示により、少年を含めた多くの若い門人が残っていた。高齢を理由に残された者は道場を守るために代稽古に当たることになっていた。家督を継ぐ立場にある若者らにも残された者がいる。だが上位にあった者は戦場に出ているので、留守を守るために道場の高位に立つ、体を張って代稽古が務まる者はいなかった。多くは口頭での指導である。

但し、新左衛門の考えもあって他の道場のように女性の入場は禁じてはいなかった。それは妻女である結の太刀捌きを知っているからだ。現実、かなり上位の者でない限り結に勝てる者はいなかった。女が武術を習うのも悪いことではない。道場にあっても結のその立ち居振る舞いは見事だし、整った女性の容姿と健康を保つ意味でも多くの婦女子にも勧めていた。

理解ある藩士の子女や町中では男勝りと言われる町娘も門弟の中に含まれているが、気遣いもあってか男の弟子達との立ち合いは少なかった。基礎訓練として薙刀が主であったが、結の小太刀の太刀捌きに多くの門弟は魅了されて、小太刀を習う者も多かった。当然、道場では男子禁制の時間帯に限られ、指導の多くは結の受け持ちとなっていた。

結も剣の扱いは嫌いではないし、進んで子女門弟の指導は買って出ていた。結は浅山一傳斎の血を引く先天的な小太刀の達人である。更に横手の城下に来てからも、新左衛門の考案した北辰流の小太刀の技については免許の許しを得ていた。結は充分に師弟の指導には心得があった。

新左衛門の指示により、子育ての傍ら道場の運営を任せられた形となっていた。手を取って男子の弟子の指導することはなかったが、口頭では確りと指導していた。道場と留守の守りは女である結の役目であったが、それを余り深く考えることはなかった。結としては戦場に赴いた夫の身だけが心配だった。元々が武家の出ではない結としては、初めての大きな心の動揺に、自分自身信じられない思いであった。

道場主が留守になった北辰流道場は、新左衛門としては暫しの間道場は休みと考えていたが、さにあらず盛況であった。原因は、この度の大坂城攻略への遠征出陣に、士分ではない平民の門人達が選ばれたことにあった。国内を二つに分けた大戦に参加するだけでなく、この度の戦いで功績を挙げれば名誉なことである。たとえ身分は低くても、直臣、陪臣関係なく士分に取り立てられれば家名は上がる。奥州の地においても信じられない出世の機会があるということを知った今、大坂城攻めが長引くようであれば、次の出兵の機会に選ばれることもありうると期待を抱く者が多くいたのだ。農家の三男坊なども、戦場が広がり、戦が長引くことを望んでいた。国内が平穏になってしまっては、出世は望むべくもないのだ。男子として夢の実現の機会は滅多にないからだ。また、佐竹藩の出陣の陣揃えの様子を見ても、北辰流道場の門人が優位に選出されることは分かっていた。そのために新入りの門人が増えていたのだった。

したがって、道場の入門の切り盛りや門人の受付などは結の出番となっていた。奥州弁に馴れてきたとはいえ、結の上州弁との違いは大きい。秋田弁を話す人達から見れば、上州弁はおかしな言葉に聞こえるのはどうしようもない。気楽に道場に出入りする結の身分も分からず、奥向きの使用人ぐらいにしか考えないで声をかけてくる者もいた。結は幼児二人を子守に任せて道場の運営の指図をしなければならなかった。

時には道場で木刀を手にしなければならない時もあった。道場主のいない北辰流道場は、師匠が戦地に赴いていないので、道場としては技術的な指導は空虚な状態。年を取って出陣の一員としては選ばれなかった老人、小野寺勝之進が道場留守居役となっていた。

その留守役も還暦も過ぎた老人。最近、指導訓練中に腰を痛め、実際に手を取っての指導はしていなかった。そのために、結が道場に出て勝之進の代役のような形で門人の指導をしていた。立ち合いの形は取らないが、理に適った口頭での指導には人気があった。若い結は二児の母とは思えない容姿であり、意味のない指導を求められることも多かった。分かっていても今の道場の人気を失ってはならないと軽く受け流していた。結果として、結は休む暇もない日々を送っていた。時には身を寄せて太刀の握り方や構えについての指導をすることもあり、訓練に励む男子特有の汗の臭いに閉口することもあったが、態度に示すことはなかった。道場は道場主がいる時より人気が上がっていた。

時によると、重臣屋敷の姫様と呼ばれる娘の武術養成を請われ、出張指導を行うこともあった。上位師範不在の北辰流道場の稽古や運営は難しいと思われていたが、大きな問題もなく繁栄していた。

道場の名の高まりとともに、他流の道場破りに似た形での試合の申し入れもあった。当然理由を話して断わってはいたが、断わり切れない者もあった。

今日も、北辰流道場が本来の指導態勢にないのを承知で、今が人気の道場を俺が破ったと言いたい男が申し入れてきた。己の知名度を上げるためであり、命懸けで迫ってくる執念が見て取れた。気の荒い留守居の若い門弟が我慢できずに立ち合いに応じたが、道場破りを目的の者でありそれなりの腕は持っている。実際、立ち合いにもならないで一撃され敗退した。

それを見て、勝之進がよろけながら立ち上がり、無理を承知の立ち合いを受け入れていた。相手としは待っていましたと言わんばかり。この代理老人を破れば他には誰もないと見てにたりと笑顔を見せていた。道場の中央に立ち、それでも言葉は丁寧に、

「これは、大先生よりのご指導、ありがとうございます。御指導お願い仕る」

との言葉に勝之進が男の前に向かおうとした時である。

「お待ちなさい。そのお相手は、この私がお受け致します」

勝之進の脇で結が声をかけ、腰に挟んであった襷を手早く掛けて、全長二尺八寸の小木刀を手に中央に進み出た。道場内から一斉にどよめきに似た声が上がった。門人

達も今まで結の指導は口頭では受けていたが、実技についてはその真の実力を見たことはなかった。果たしてこのような不躾な男の挑戦に耐えうるのか。

女の細腕で、この男の強靭な打ち込みに耐えることができるとは思えない。留守居を預かる我らの不甲斐なさに、道場主の奥方をこのような危険な目に遭わせることを悔やんではいたが、自分達に代わる自信はなかった。

奥方は小太刀の使い手とは聞いているが、流派の違う見知らぬ男との立ち合いに対処できるのか。体つきを見ても男の半分ほどにしか見えない。相手の男の姿が更に大きく見えてくる。しかし弟子達は、初めて見る奥方の技にも興味があった。また小野寺勝之進としても、自分の不甲斐なさに悔しさが胸を圧していたが、今の自分には相手に対処できる気概は真実なかった。

二人はそれぞれが選んだ木刀を手にして中央に対峙した。相手の男は女相手の立ち合いにやり難さはあった。女の脳天を打ち据えるわけにもいかない。女相手の他流試合となり、この立ち合いに勝っても誰も感心はしないだろうし面白くもない。男に大きな迷いが見えていた。

結は、四尺の木刀を持って構え立つ男の前で、軽く会釈をして軽い短い木刀を構えた。男は余裕ある態度で、改めて立ち合いの相手を見て良き女だと思った。この女を思い切り痛めてしまうのは気が進まないが、当然の如く青眼に構えて相手を見た。

試合を開始して木刀を構えてみると、結の短い木太刀の構えに、簡単に立ち合いを終わるよりは、少し楽しみながら時間をかけて痛めてやろうと思った。立ち合いが始まる。結の小太刀の構えは軽やかに感じられるものであったが、いざ一太刀脅しの打ち込みをと思って構えると、意外と隙を見出せない小太刀に驚きがあった。結の構えに鋼が入ったように感じるとともに寸分の隙も見出せない。

それまでは手加減が必要と思っていたが、それどころか、何処に打ち込むか迷ってしまった。男は楽しみながらすぐに片が付くものと思っていたが、それは並み居る門人達も思っていた。結が腹の底から高い声で「えいっ」と気合を入れて相手の打ち込みを促していた。相手としては隙を見出せないまま、その誘いに、女の身だから脳天は避けて肩先を狙っていこう、と鋭い打ち込みをかけた。

結は、一歩飛ぶように下がってそれを避けていた。相手はそれを更に追うように無造作に追ってきた。その瞬間、結は目にも止まらぬ素早さで、男の身に接するように右脇をすり抜け身を返した。相手は予期しない動きに慌てるように身をひねり結に向かったが、その時は右肘に痛烈な返し打ちの一撃を受けて木刀を手放していた。結はそのまま前に進み小太刀の先を胸元に突きつけて、「これで宜しいか」と言いながら、小太刀とともにその身を引いていた。相手の男はその場に手を突き、真っ青な顔をして、「恐れ入りました。ご指導ありがとうございました」と深く頭を下げて控えの席へと戻りながら、「指導料は如何ほど」と低い声で聞いていた。結は、静かな声で、「それで気が済みましたら、宜しいのではないですか」

その時、結は既に元の席に戻り軽く頭を下げてから着座したが、顔色一つ変えていなかった。そして他には何も言わなかった。

門弟達も声一つなかった。静かに立ち去った男の席には、一両の小判が懐紙に包まれて置かれていた。

暫しの時が流れたが、道場内は音一つなく静かになっていた。大勢の門弟達は結の見せた今日の立ち合いの様子に心奪われていた。訓練の指導はしてくれていたが、普段は口数少ない結であった。実際の太刀の扱いを見たことはなく、実力のほどは口だけかと軽く見ていた。だが今その力量を目にし、驚きとともに興奮に似た思いで言葉が出なかった。結はその静けさが続くのを気にし、「皆さん、何しているの。確りと稽古に励みなさい」と言った。それを聞いた小野寺勝之進が、今までにない態度で両手を突き頭を下げていた。

やがてこの話が城下に広まり大きな話題となった。女剣士、結の扱う北辰流剣術の噂は近隣にも広く伝わっていった。

大坂城開城

慶長十九年（一六一四）大坂冬の陣の戦端が開かれた。時、徳川家康七十三歳での開戦だった。既に十月一日には諸大名に出陣を命じていた。そして自身、駿府を出発して十月二十三日には京都の二条城に入っていた。ここに逗留して秀忠を待ち、十一月十五日には二条城を出発して大坂へ向かい、十七日にはそれぞれ着陣した。麾下の軍勢は二十万、対して大坂方は十万と言われている。

石山本願寺跡に豊臣秀吉が築いた大坂城は上町（うえまち）台地の北端に位置し、三方を平野川・大和川・淀川・東横堀川などが流れ、自然の川が堀のように取り囲んで城を守っていた。

豊臣方は徳川方の城攻めへの防衛策として、淀川の上流の流れを遮断して川の堰堤を切り崩し、その水を大坂城周辺の低地に流し込む作戦を実施していた。大坂城周辺を水浸しにして攻城側の城外の陣地を使用不能にしようとしていたのだ。

それを知った家康は、切られた淀川の堰堤を再構築し、流れ出る水を堰き止めて外堀周辺の陸地を取り戻す工事に着手していた。実際はその水を遮る土木工事が攻城戦の一番大きな戦いであったかも知れない。

堰堤の再構築による淀川の流れは元に戻り自然と水が引くと、城外の元の陸地が見えてくる。大坂城の天守閣の近く、北側に沿った陸地、備前島が姿を見せ、今福の土地も以前の姿に戻っていた。正に大坂城攻防戦は、大量の淀川の水を利用した土木作業から始まっていた。

但し、難航不落の大坂城にも唯一欠点があった。地続きとなる南方だけ防御が手薄だったのだ。そこで豊臣方の真田幸村（信繁）が南面からの攻城の押さえとして、そこに出城（真田丸）を築くことで弱点を克服しようとした。真田丸の背後には幅百間にも及ぶ深い谷があり、仮に真田丸が落とされたとしても、その谷によって大坂城を守ることができると考えられていたようだ。

十一月十九日、大坂方の守る木津川口の砦と輸送基地が襲われ、大坂湾から大坂城への補給路が断たれた。これが大坂冬の陣の始まりであった。二十六日には鴫野と今福で戦闘が行われた。

大坂城の東北、大和川の北岸に今福村はあって、豊臣方はそこに堀切と柵を設置して、矢野正倫・飯田定家率いる八百名ほどの兵が防備していた。大和川沿いの霜枯れた草木に覆われた川沿いの今福の地は、冠水による泥に覆われ滑りやすく足場はよくない。仮の砦を構えた佐竹藩の陣営に向かって、大坂方から火蓋を切る形で攻め入ってきた。佐竹藩兵は総勢千五百名である。

　緒戦は大混戦となっていた。佐竹藩は新兵器の銃器が少なく、大方は昔ながらの弓矢隊である。だが混戦となれば鉄砲隊は余り役に立たない。手早く使える弓矢の方が使い勝手は良い。緒戦の戦いは、佐竹藩にとって比較的有利に展開していた。

　繰り出してきた城兵側も戦いを待ち焦がれていたのだろう。勢いがあった。当然巻き起こる激突の有様は、双方の軍がぶつかり合う瞬間に鮮血は飛び、轟く銃声とともに喚声と悲鳴の混じった怒号、攻める側としても負けてはいなかった。

　結果的に、戦いは攻城側に幾分有利に展開していたが、四半時で両軍は一時的に後退する。その場は休息を取る形でお互いに兵を引いた。殺伐とした戦いの後に残るのは血にまみれた両軍将兵の死傷者。それに混じって軍馬が大怪我をして蠢くが再起できず。まだ死に切れない将兵や怪我をして動けぬ軍馬が辺り一面に散見された。敵味方共に、それら負傷した将兵の治療や戦死した兵士の遺体収容などを行い、一時的な暗黙の休戦状態にあった。

　緒戦の戦闘後、一時（二時間）ほどは双方の雑兵が休戦の白い小旗を背にして、悲惨な戦場の後片付けを行っていた。その場に残るのは血の海にのた打ち回る死に切れない馬数頭、血に彩られた旗指物や武具、言葉に尽くせない荒れ果てた地獄の光景であった。

　そして正午頃になると、銅鑼や銃砲の音とともに新たなる戦いが展開されていった。

大坂城将兵以下守城軍が、再度血塗られた城下に打ち出してきたのだ。緒戦では多くの将兵を失っていた豊臣方であったが、そこに猛将、木村長門守重成の軍が出てきた。平野川、猫間川と流れ込む河川敷一帯は、水は引いたとは言いながらまだ泥田に近い状態、泥にまみれた凄惨な戦場が何箇所かで展開されていた。

佐竹藩の軍は再度の攻勢に遭い苦しい戦いとなっていた。城兵側の激しい突入に幾分押され気味である。そこにまた城方の名将、後藤又兵衛基次の一隊が加わった。佐竹軍はその勢いに押されて後退、苦戦する中多くの将兵を失っていた。

佐竹軍の重臣武将の渋江政光、戸村義国が討たれ戦死、梅津憲忠が大怪我をした。これらの武将は佐竹家の中心的存在であるとともに、その傘下にある兵は主力部隊。佐竹藩としては大打撃であった。そのような戦況下、攻城側の中心的立場にある佐竹藩の戦力は弱体化し押され気味であった。

当時の戦いの流れとしては、緒戦は火縄銃主体の銃撃戦。その後は双方共に斬り込みでの対戦は、槍、薙刀等の肉弾戦。銃砲の炸裂する騒音に包まれる中で響き渡る怒号と雄叫び。銃器戦の大きな戦果が双方ないままの肉弾消耗戦であった。初期の熱を帯びた銃砲での戦いは、発砲される炸裂音の響きは大きいが戦いの効果は薄い。弾の飛距離は百メートル程度で、戦としては大きな戦果には繋がらない。銃撃戦が一端下火になると、双方の陣営は柵を開いて前進。喊声とともに突撃し、刀剣を振り上げて白兵戦を展開していたが、この戦は正に人間としての正気を失った、狂気の地獄絵図の様相を帯びていた。

大坂城側が城門を開き、場外柵に向かって騎馬武者を中心とした兵が一斉に繰り出してきた。それに呼応するように東軍側も遅れてはならじと、全軍をもって応戦。激しい戦が展開されていた。双方の悲鳴に似た雄叫びとともに、刀剣類の触れ合う金属音が高く鳴り響く。戦場にある将兵自身、処すべき思考もない。ただ手にした武器を打ち振るうだけで、死ぬも生きるも頭になく、敵に向かって力の続く限り殺戮行為を繰り返していた。

東西両軍の決死の衝突は、城下各所で展開されていた。その状況は、関ヶ原の決戦とは様相を異にする、双方共に逃げ場のない肉弾戦となっていた。狭い地域で双方陣営がぶつかり合う総当たりの戦場である。正に主力戦の争いは槍、薙刀や刀剣等による血の雨降る白兵戦、血飛沫が飛び散る戦場が現出し、阿鼻叫喚の渦の中、殺戮の場と化していた。

緒戦での守城側の勢いは凄く攻城側を圧倒していた。その結果、今福の地に陣取っていた佐竹藩の軍は更なる大きな打撃を受け、多くの将兵を失っていた。

控えの陣にあって突入の機会を窺っていた佐竹軍第五隊の軍兵が、一挙に戦いの渦の中へ突入していった。この隊は、今まで待ちに待っていた信太新左衛門率いる北辰流道場の主力戦闘部隊である。新左衛門の一声、その勢いは一つの塊となって、今まで押されていた攻城側の戦線の中央へと突入していった。佐竹軍の後退が止まり、戦線の流れが変わった。戦いの渦中に割り込むような形で、信太新左衛門部隊の勢いが激流となって押し込み、戦況に大きな変化を見せた。

第五隊は銃砲隊を持たない、刀槍による斬り込み隊である。槍、薙刀、野太刀による白兵戦は、信太一族によって編成された信太道場の師弟部隊。槍、特に薙刀を打ち振るう部隊は勢いがあり、混戦の中に向かって斬り込んでいった。

信太新左衛門勝長の手勢百五十名ほどは、騎馬武者三十騎を含めた戦闘部隊。その多くは大薙刀を振るって敵陣に突入。突入してくる大坂城軍の主力部隊に立ち向かい、その進撃の勢いを止めながら、更に敵陣を掻き乱して戦場に乱入していった。

先頭に立つ新左衛門は冑も被らず鉢金だけ、鎧は胴丸に籠手を当てた身軽な出で立ち。馬上より大薙刀を手に打ち振るう。斬り込みの勢いは留まることはなかった。続く兵士達も遅れてはならじと、日頃の厳しい訓練の成果を発揮、城方の軍の中心に割り込むように進撃して敵陣を中央から掻き乱していた。

それを見ていた佐竹軍、第八隊を藩主護衛部隊として残して、残りの第六隊、第七隊が五隊の主力信太新左衛門隊に続き突入。その勢いに乗っての進撃は、新左衛門を打たせてはならじとの決死の加勢。他の攻城軍と共に城兵軍を追撃。今まで押され気味の東軍は一気に勢いづき、激しい中に戦いを有利に展開しながら、敵を城中に追い返していた。この時の戦いは、大坂冬の陣の中でも一番の激戦と見られていた。この戦に大坂城側の将兵の中には、夜陰に乗じて城を抜け出し遁走する兵も出ていた。

今福の戦の後は十一月十九日に博労淵（ばくろうぶち）・野田・福島の砦を攻略し、三十日、十二月一日には天満・船場・高麗橋を攻め、じりじりと大坂城防御網を潰していった。

大坂城南の天王寺口外堀の外には、真田幸村が「真田丸」と称する出城を築いていたのだが、その南に篠山という丘があり、そこにも真田軍は詰めていた。十二月三日、東軍の前田利常が軍を率いてその篠山に攻撃を仕掛けた。だが真田軍は撤収済みでもぬけの殻。そして翌四日、真田軍の挑発に乗った前田軍が真田丸に攻撃を仕掛けるが、井伊直孝・松平忠直軍共々大きな被害を被る。この時の戦死者は数千人、負傷者も含めれば一万人以上にのぼるという。彼らの失態とこの惨状を知った家康から撤収を命じられる。

翌十二月五日、家康が住吉から本陣を大坂城南の茶臼山に移した。前田、井伊、松平、伊達、藤堂ら大大名の軍が控える後衛の位置である。

前方には、万全を期した真田軍が徳川軍を迎え撃つべく戦隊が控えていた。徳川軍は電撃的に打ち出す真田軍の突入を受け陣営内が騒然となったこともあった。

真田丸での戦いで打撃を受けた徳川軍だったが、攻略のための準備は着々と進めていた。十二月九日、かねて工事中だった淀川の堰き止めがここで完成した。これによって淀川は中津川に流れ、大坂城の外堀をなしている天満川の水位がどんどん減って低くなり、兵は自力で渡ることが可能となった。途端に城の守りは弱いものとなる。

十二月十五日に和睦交渉が暗礁に乗り上げると、翌十六日、徳川軍は大坂城に向けて一斉砲撃を開始した。大坂城北方に位置する淀川の中州、備前島からは大筒百門と石火矢が本丸北側の奥御殿に、天王寺口からは本丸南方の表御殿御対面所に砲弾が撃ち込まれた。天守閣の柱を直接破壊して天守閣を傾かせ、淀君の居間がある櫓を打ち壊して、侍女が七、八人亡くなったという。徳川方の総攻撃に豊臣方は震え上がり、頑なに和睦を拒んでいた淀君にも心境の変化をもたらしたという。

大坂城内の徹底抗戦派の間にも動揺は広がり、和議休戦しか事態打開の道はないのではないかとの空気が支配的となっていく。兵糧も弾薬も足りず、将兵達も疲れを見せ始めていた。

家康は離れた本陣からこうした動きを注視していた。

大坂城外を水浸しにした城側の守城作戦は一時は成功したが、その裏を取られた形の東軍の作戦は、大坂城の持つ強力な機能を活用させないまま、本丸を城外から直接攻められる形となってしまった。

茶臼山本陣の家康は目の前の大部隊の展開より、本丸に近い所に陣を敷いた搦め手からの各藩の攻城に期待していた。特に佐竹藩の陣立と戦闘を注視していた。

この時の、信太新左衛門一族の奮戦は目を見張るものがあった。城外での混戦を一瞬にして東軍に有利な戦況に導いていた。この佐竹藩第五隊の戦いぶりを見ていた家康側近や秀忠の側近達も、脅威を感じるほどの戦いぶりに大いに共感し、その忠誠を高く認めていた。

またこの戦いにより、開眼して間もない北辰流の実力とその存在は広く天下に轟き、大きく評価されていた。佐竹藩の幕府への忠誠心は認められ、幕末までの長い期間、外様大名として奥羽、秋田の地の藩政を護り続けられることとなる。

秋田の地、横手城下で開眼された北辰流は、道を究めた信太新左衛門勝長の当時の実戦的な荒々しい剣法から、実子二代目、信太渡休斎勝政により改良された。戦役のない江戸時代にあって、槍、薙刀術は出る場面がなくなり、刀剣一つに絞られた北辰流剣術道場へと変わっていった。

大坂冬の陣は、その後、和議が結ばれ休戦となった。東軍、徳川軍は大坂城を見張る軍勢を残して城の包囲を解き、それぞれ郷里へと帰省した。

戦後、冬の陣の戦功報償があった。二代将軍徳川秀忠将軍より大坂冬の陣参加の全将兵の内、十二人の戦役功名者の名が挙がっていた。その中には五名の佐竹藩家臣の名があった。徳川二代将軍秀忠公よりの感状を贈られた五人の中に、信太太郎衛門と共に一族筆頭の信太伊豆守、同族の信太兵部の名がある。残る二名の中には信太新左衛門が入っているものと思われる。それら佐竹藩の功績は信太新左衛門勝長あってのことと思われるからだ。

残りし書籍によると、「慶長十九年甲寅年霜月二十六日於摂州大坂役御防戦之時鑓合同二十卯年正月十七日将軍秀忠卿拝謁御感状並御小袖二御羽織一賜之云」の書付書状記録がある（秋田県公文書館所蔵）。

その後、半年と経たない元和元年（一六一五）四月二十九日、大坂夏の陣が開始されるが、五月七日には大坂城は落城し、秀頼母子は城を枕に自刃、豊臣家は滅亡した。

徳川家康は長い間の念願を果たした。

大坂夏の陣で全てが決着、徳川政権、江戸幕府は二百六十年の長き間政権を維持し明治維新を迎える。佐竹藩も幕末の戊辰戦争を経て秋田藩から久保田藩へと名を改め、その後、その存続と旧藩主の知藩事就任が新政府から認められ今日に至る。

北辰一刀流の起源はここにあり、江戸幕府とともに痕跡を残して幕末を乗り越え、現在日本剣道の中に息づいている。

あとがき

我が家伝来の書物の一つで、北辰三剣身と記される北辰流の免許皆伝書である。

金紙に模様入りの台紙に、延享三寅年（一七四六）五月十六日とあるこの巻物は、北辰剣、心祖剣、仏智剣を指して北辰三剣身と記されている。

北辰流三剣身は大坂夏の陣ののち、広く日本全国に広まっていった。特に東北地方の剣技の代表的な元祖となり、その流れは現在の秋田県内を通じて全国に繋がっているものと思われる。

この小説は歴史的に不確かな点もあるかもしれないが、北辰流の免許の巻物については本物である。この物語はこの巻物を基本にして書き上げた。つまり、北辰流の開祖、信太新左衛門勝長の在りし日の物語である。

戦国時代末期から江戸時代初期、日本の奥地とも言われている奥州秋田の地は京都や江戸とは遠く離れた地のため、その地での北辰流開眼の真実が広く世間に知れ渡ることはなかったことと思う。

北辰流は、江戸末期、お玉が池の千葉道場を通じて現在も日本剣道の中に生きている。信太新左衛門勝長の北辰流三剣身は信太道場の流れの中にあって、千葉吉之丞による北辰夢想流の流れが、お玉が池の千葉道場に繋がっているものと思われる。

千葉道場は幕末の志士により名をはせているので、そんなに「古い」とは言えない。ただ、千葉周作の千葉道場は広く北辰流の名を上げ、三百年余の北辰剣の心技を、現在に繋いでくれた剣士の一人だ。

この千葉周作を題材に多くの名作家の作品がありますが、出生地はばらばらである。千葉周作本人が出生に関することで触れたくないものがあり、多くを語らず、明確な事実は明記されることもなく、真実がわからなくなったと思われる。

信太新左衛門勝長については、分家の家系図程度の記録しかないが、秋田県古文書館等に記録として残っている。常陸（茨城県）時代、上州（群馬県）時代、奥州（秋田県）久保田城下時代等の記録も少なく、この作品はそのあたりを創作し物語にしているが、北辰流元祖、信太新左衛門の存在は事実であり、それを基本としている。

最近は、旧家の蔵の中から古文書等が出てきて公開されている。特に各県ごとの歴史調査により地域の歴史が明らかになってきている。今までの歴史や物語にも変異が出ている。読者の方々もそれぞれの地域の歴史探究も楽しきものかと思います。歴史とは古い時代のことですが、新しい歴史の研究も際限なくあるからです。

平岡　一二

著者プロフィール
平岡 一二（ひらおか かつじ）
1933年、群馬県出身
本籍秋田県。栃木県在住
現在、建築設計・施工会社役員

■著書
『これから家を建てる人への提言』（2009年 文芸社ビジュアルアート）
『北辰一刀流 開眼』（2011年 文芸社）
『北辰一刀流 影の剣』（2011年 文芸社）
『北辰一刀流 木枯らしの剣』（2013年 文芸社）
『雄勝城物語』（2013年 文芸社）
『リノベーション 100年使える住宅への提言』（2016年 文芸社）
『赤穂義士と陰の義侠伝』（2017年 文芸社）
『雨情』（2020年 文芸社）
『赤城山麓上毛伝記 剣聖 浅山一傳斎一存』（2022年 文芸社）

北辰流開祖　信太新左衛門勝長伝

2023年7月15日　初版第1刷発行

著　者　平岡 一二
発行者　瓜谷 綱延
発行所　株式会社文芸社
〒160-0022　東京都新宿区新宿1－10－1
電話　03-5369-3060（代表）
03-5369-2299（販売）

印刷所　株式会社暁印刷

ISBN978-4-286-24154-8